W. H. Hartmann

Liebe. Schuld.
Das Weingut am Kap.

Lektorat, Coaching: Dr. Eva-Maria Schürmann-Lanwer, Scripttastic GmbH

Verlag:
W.H. Hartmann
c/o Impressumservice K. Mothes
Geschwister-Scholl-Str. 31
06869 Coswig (Anhalt).
kontakt@xn-impressum-fr-autoren-zec.de

Herstellung: epubli – ein Service der neopubli GmbH, Köpenicker Straße 154a, 10997 Berlin

Kontaktadresse nach EU-Produktsicherheits-verordnung: produktsicherheit@epubli.com

Inhaltsverzeichnis

Einsam

Der dunkelgraue SUV glitt an einem sonnigen Morgen die Elbchaussee entlang. Jonas hielt das Lenkrad so leicht, als läge nur Luft darunter. Der Spurhalteassistent arbeitete, das Auto summte, er tastete mit der Zunge über die Lippen und schmeckte den Schaum des Cappuccinos aus der kleinen Bäckerei an der Ecke. Der Gruß der Verkäuferinnen hallte in ihm nach, freundlich, verlässlich, ein winziger Halt in einem Tag, der sich zu häufig anfühlte wie der vorherige. Kaffee war für ihn mehr als ein Getränk. In einem Café sitzen, Gesichter und Gesten studieren, zusehen, wie jemand sein Glas dreht, wie eine Serviette zur Festung gefaltet wird, und dabei eine Tasse, die nach Röstaromen riecht. So stellte er sich einen guten Morgen vor.

Er liebte Orte, die etwas versprachen. Ein Raum mit weißen Tischdecken, die leise unter den Händen knisterten, ein Kellner, der Gläser wie dünnes Porzellan trug, eine Speisekarte, die nicht nur auflistete, sondern Bilder entstehen ließ. Er achtete auf die Temperatur des Wassers im Weinkühler, auf das Gewicht eines Brotmessers, auf das leise Zucken im Mundwinkel einer Bedienung, wenn der Gast am Nebentisch zu forsch wurde. Jonas kochte selbst gern und hörte nicht selten, dass seine Gerichte manchem Restaurantmenü das Wasser reichten. Diese Aussage kitzelte sein Ego, er sprach sie nie aus und hob sie doch auf wie eine kleine

Münze im Portemonnaie. Und dann der Wein. Jonas mochte den Duft von Eiche, den Hauch von Vanille und leichter Rauchnote, wenn ein Rotwein Zeit in kleinen Fässern verbracht hatte. In stillen Stunden sah er sich auf einer Veranda, Reben im Blick, die Hände nach Keller, Most und Holz riechend. Wein herstellen, das wirkte auf ihn wie eine verheißungsvolle Zukunft, die noch nicht laut zu werden wagte.

Im Radio lief eine Meldung. Hamburg sei die Singlehauptstadt des Landes, sagte eine Stimme, die so glatt war, dass Jonas ihr misstraute. 580.000 Menschen lebten allein in einem Haushalt, Zahlen, die wie Kies in einen Eimer fielen. Er rechnete im Kopf, völlig unsinnig, und doch beruhigte ihn die Spielerei. Wenn die Hälfte Frauen war, wenn ein Teil davon sich in dem Alter befand, das er sich wünschte, wenn von diesen eine Minderheit ihm gefiel, dann blieben immer noch genug, um die Hoffnung nicht zu begraben. Eine Einzige, dachte er. Mehr brauchte er nicht. Seine letzte Affäre hatte keine Wärme gebracht, nur Aufregung ohne Boden. Der Gedanke brannte kurz und verlosch, als er rechts auf den Parkplatz eines Supermarkts in Blankenese einbog.

Dort herrschte reger Betrieb. Wagen rollten, Körbe klapperten, Menschen kreuzten seine Spur, junge Frauen in flachen Sandalen, andere in Sportschuhen, Röcke, Kleider, straffe Zöpfe, gebräunte Haut. Niemand sah zu ihm. Eine Mutter hielt ein Kind an der Hand, das auf den Asphalt tippelte und an einem Regentropfen vom Morgen Freude fand, als sei er ein Tier. Jonas spürte, wie sich in ihm ein Bild zusammenschob: eine Frau, die für sich und ihr Kind Schutz suchte, ein Zuhause, in dem es angenehm ruhig war, ein Tisch, an dem gelacht wurde. Er meinte, das geben zu können, und wusste doch, dass er sich zu leicht in Bilder verliebte.

Auf dem Smartphone noch der Rest eines Videos von gestern. Eine Influencerin mit sehr viel Energie erklärte ihren Followern, wie Singlemänner angeblich eine Frau kennenlernen sollten. Man solle in einen Drogeriemarkt gehen, dort träfen sich alle, die zwischen Shampoo und Lippenstift nach irgendetwas suchten. Jonas schnaubte. Die Idee hatte einen komischen Reiz, allerdings war er nicht der Mann, der Unbekannte zwischen Duschgel und Wattepads ansprach. Der Gedanke setzte sich fest und plötzlich standen ihm Tränen in den Augen. Es geschah manchmal ohne Anlass, wie ein Druckausgleich. Er wischte sich über die Wimpern und stieg aus.

Die Hunderunde am Morgen fiel ihm ein. Kristin, die ihn gelegentlich begleitete, hatte ohne Anlass geäußert, er sei ein Womanizer. Das Wort war hängengeblieben. Zu Hause hatte er gegoogelt und war zuerst bei einem Gerät speziell für Damen gelandet, das mit Druckwellen arbeitete. Das war es nicht. Schließlich war er auf die gängige Bedeutung gestoßen. Frauenheld. Einer, der vieles ausprobierte und oftmals wechselte. Jonas lachte kurz auf, doch dann überkam ihn Wut. Drei lange Jahrzehnte hatte seine letzte Beziehung gedauert, treu bis zum letzten Tag, auch in den langen Phasen ohne Berührung. Wie kam jemand darauf, ihm dieses Etikett zu verpassen? Vielleicht hatte Kristin gesehen, wie er im Laden scherzte, wie er die Damen mit Geschichten zum Lächeln brachte. Er merkte, dass er gegen Bilder ankämpfte, die andere von ihm zeichneten, und gleichzeitig am eigenen Bild feilte. Der Widerspruch tat weh.

Eine alte Erinnerung kam auf. Disko, dunkel, Bass, Licht. Eine junge Frau lehnte am Tresen. Sie sah aus wie ein Versprechen. Er stand plötzlich neben ihr, sein Bein berührte ihres, er fühlte den Puls im Hals und konnte keinen Satz formen. Der Körper wollte vor, der Kopf zog die Bremse. Später in einer S-Bahn saß eine Frau in einem kurzen Rock neben ihm, die Luft war aufgeladen, beide spürten es, ein paar Sekunden trugen sie diese Ladung gemeinsam. Dann sprang sie auf, sagte einen Satz, den er nicht hörte, und war weg. Unbefriedigt. Er blieb zurück mit der Frage, warum er im entscheidenden Moment wie eine verglaste Scheibe wirkte. Es gab in ihm einen Riegel, der in solchen Situationen herunterklappte, und er wusste nicht, wie er es stoppen sollte.

Er mochte dennoch das Rampenlicht. Schon in der Schule hatte er die Hand gehoben, hatte Theater gespielt, hatte die Gruppe geführt, nicht immer zum

Vergnügen der anderen. Später, bei Einladungen, war er aufgedreht, wenn die Laune stimmte. Er konnte erzählen und zuspitzen, konnte Gesten einsetzen und Pausen, konnte Stimmen imitieren und die Runde hing ihm an den Lippen. Er sammelte Anekdoten aus Küche, Politik, Fotografie, aus den kleinen Dramen an Kassen und Haltestellen. An guten Abenden trug ihn eine Leichtigkeit und er wurde zu einem Gastgeber, der einen Tisch füllte, ohne an sich zu denken. An schlechten Abenden saß er vor dem gleichen Tisch und fühlte sich wie jemand, der nach einem Wort taucht und nur Luft findet.

Auf dem Heimweg kam er oft an einem Holzsteg vorbei, der über ein schmales Flüsschen führte. Im Sommer sprang er dort mit seiner Hündin ins Wasser. Sie paddelte im Kreis und sah stolz aus, sobald sie das Holz im Maul hatte. Heute standen vier Schüler am Rand, vermutlich Oberstufe, der Ton noch rau, die Blicke schon wach. Sie probten Sprünge, die Knie zogen an, Körper drehten sich, Wasser spritzte, Gelächter. Jonas blieb stehen, lobte, fragte, gab einen Tipp, ein Junge nickte ernst, als habe er eben eine wichtige Regel gelernt. Mütter kamen mit kleinen Kindern, die trotz Respekts vor dem Tier die Hand nach dem Fell ausstreckten. Jonas bat die Kinder, im nahen Wald nach einem starken Ast zu suchen. Sie rannten los, als beginne ein Spiel, das es nur heute gab, und präsentierten ihm kurz darauf ihre Funde. Die Hündin holte, brachte, legte ab und der Steg wurde für ein paar Minuten zu einer Bühne, auf der alles leicht war. Jonas fühlte Wärme. Vielleicht mochten ihn die Leute. Diese Empfindung wollte er halten wie einen Stein in der Tasche.

Er sah auf die Uhr und fuhr doch noch einmal zum Supermarkt zurück. Im Schaufenster spiegelte sich sein Gesicht. Falten an den Augen, die er mochte, das Haar, das an den Schläfen dünner geworden war, ein Blick, der sich erst sammelte und dann entschied. Im Wagen roch es nach Leder und Cappuccino. Er nahm das Telefon, löschte das Video und legte es zurück, als lege er etwas ab, das keinen Platz mehr haben sollte. Ein Einkaufszettel lag gefaltet im Seitenfach. Er schrieb dazu: *Bohnen, Brot, Obst, Wein*. Hinter das Wort Wein setzte er einen Punkt. Dann stieg er aus und atmete die Luft, die vom Fluss herüberkam, weich und leicht modrig.

Im Laden schob er den Wagen durch die Gänge, blieb bei den Gläsern stehen, die in der Reihe glänzten, roch am Basilikum, der in kleinen Töpfen auf einer Palette stand, hob einen Käse an und legte ihn wieder zurück. Zwei ältere Herren diskutierten über eine Zeitungsschlagzeile, eine junge Frau probierte in einer Ecke eine Sonnenbrille aus, die dort nicht hingehörte, ein Mitarbeiter füllte Joghurt nach und summte eine Melodie, die Jonas nicht zuordnen konnte. Er dachte, dass alles an diesem Vormittag von einer dünnen Haut zusammengehalten wurde, die reißen konnte, wenn jemand zu hastig griff, fuhr weiter, zahlte, nickte der Kassiererin zu und verließ den Bau mit dem Gefühl, etwas Richtiges getan zu haben, obwohl es nur ein Einkauf war.

Draußen legte er den Kopf in den Nacken. Die Sonne stand schon höher, die Kastanienblätter warfen Punkte auf den Asphalt. Ein fremder Hund bellte, seine Hündin antwortete, als hätte sie ein Gespräch zu führen. Jonas lud ein, schloss, legte die Hände auf das warme Blech der Motorhaube und wartete einen Atemzug lang, als könnte gleich etwas beginnen, von dem er später erzählen würde.

Atelier der Nähe

Das Licht im großen Raum lag weich auf den Flächen. Jonas hatte die hohen Fenster mit schwarzer Folie abgedunkelt, damit kein harter Sonnenstrahl das Set zerschoss. Im Studio roch es nach Kunststoff und Kleber, eine leicht stechende Nuance, die den chemischen Anteil schnell deutlich machte. Er atmete flacher, prüfte den Stoff des neuen Vorhangs und hängte ihn ordentlich in Falten. Auf dem Stativ ruhte bereits die Kamera. Zwei Softboxen warteten, der Auslöser hing bereit, Kabel lagen gebündelt an der Wand.

Er trat einen Schritt zurück und ließ den Blick über Requisiten und Hintergründe gleiten. Ein Strohhut mit breiter Krempe. Halterlose Strümpfe und schwarze High Heels. Ein Malerkittel, daneben Pinsel, Töpfe mit Pigmenten und eine Staffelei. Eine Perücke aus Kunsthaar. Ein grauer Hintergrund, ein orangefarbener, ein schwerer schwarzer Molton. Eine Spielzeugpistole, die in der Kiste lag wie ein vergessener Gedanke. Daneben Schaufel und Förmchen aus einem alten Sandkastenfund. In diesem Raum durften ganz verschiedene Ideen entstehen, von Portraits bis zu sinnlichen Serien. Das Ergebnis sollte ästhetisch sein, gerne verführerisch, nie peinlich.

Jonas suchte seine Modelle häufig über soziale Medien. Interesse war da, Zurückhaltung allerdings ebenso. Viele Frauen wollten wissen, wie mit den Bildern umgegangen wurde, wer Zugriff erhielt, welche Motive geplant waren. Bei Portraits fiel die Schwelle niedrig aus, bei freizügigen Ideen stieg sie. Partner mit Besitzanspruch machten es nicht leichter. Jonas schrieb geduldig, erklärte Abläufe, klärte behutsam Einwilligungen und verwies auf die Kontrolle über Veröffentlichungen. Vertrauen musste wachsen.

Es gab Frauen, die mit Nacktheit spielerisch umgingen. Eine postete Selfies ohne ein Stück Stoff und sammelte Herzen unter den Bildern. Auf Jonas Frage nach dem Warum antwortete sie ausweichend und lächelte nur. Einsamkeit stand zwischen den Zeilen, die Suche nach Nähe ebenso. Eine andere sagte im Gespräch beiläufig, sie brauche nun ein paar Tage ohne Sex. Der Satz traf Jonas wie ein Schlag, weil er zugleich spürte, wie sehr ihm körperliche Nähe fehlte. Er räusperte sich, sah zur Seite und zählte im Kopf die vielen Wochen, in denen er allein geschlafen hatte.

Fast drei Jahrzehnte hatte seine Ehe gedauert. Das gemeinsame Bett war lange vor dem Ende kalt geworden. Der Gedanke an die vielen jungen, hinreißenden Frauen da draußen, die offenbar mühelos zu Lust und Spiel fanden, setzte ihm zu. In stillen Nächten öffnete er das Portal mit dem Hamster im Namen, klickte zu schnell und schämte sich im gleichen Moment. Er verachtete sich nicht, doch der Geschmack blieb bitter.

Jonas wirkte im ersten Augenblick unnahbar. Groß, einen Meter achtundsiebzig, breitere Schultern, als der Schnitt der Hemden erlaubte, ein kräftiger Körper. Das Gesicht trug Linien von Sonne und Wind und von Tagen, an denen er zu viel nachdachte. Ein kurzer Bart rahmte das Kinn, nicht eitel gepflegt, eher mit Sinn für Form. Wenn er sprach, tat er das ruhig und warm. Er übertönte niemanden. Seine Fragen waren offen und er hörte stets ernsthaft zu. Menschen erzählten ihm Dinge, die sie anderen verschweigen. Er nahm sie beim Wort und dieser Respekt löste Zungen.

Das Haus am Stadtrand hatte keine imposante Fassade, doch es atmete Geschichte. Der Garten war sein Reich. Rosen, Stauden, Obstbäume, Beete in eigenwilligen Formen. Für die Arbeit mit Holz hatte er einen Kurs besucht. Daraufhin war es ihm gelungen, mit der Kettensäge das alte Apfelholz behutsam einzukürzen. Mit der Gießkanne in der Hand, Erde unter den Fingernägeln und dem Hund neben dem Stiefel fühlte er sich geerdet. Der Labrador, schon älter, war kein Sportler mehr, dafür ein sanfter Schatten. Rund um die Uhr wich er kaum von Jonas Seite und stand auf, sobald der Schlüssel im Schloss drehte.

Wenn Jonas mit der Kamera über Feldwege ging, folgte ihm der Hund in ruhigem Trab. Er suchte Orte, an denen das Licht an Kanten hängenblieb. Alte Alleen im Herbst, wenn die Kronen flimmerten. Steine, die nach

Mittag warm wurden. Eine Eidechse, die kurz den Kopf hob. Spuren von Rehen im Tau. Seine Hände führten das schwere Gehäuse wie ein vertrautes Werkzeug. In solchen Stunden verengte sich die Welt auf Motiv, Licht und Moment. Etwas in ihm entspannte sich.

Er mochte Gesellschaft und füllte das Haus gern. Wenn Freundinnen, Freunde oder Nachbarinnen und Nachbarn kamen, kochte er mit Hingabe. Forelle mit Kräutern aus dem Beet, Lammkoteletts, die er bei niedriger Hitze garen ließ, Gemüse aus dem Ofen, das knisterte, sobald es die Luft traf. Zu einer Sauce erzählte er die Geschichte ihrer Herkunft, wie er auf Reisen eine Köchin beobachtet hatte, die mit fünf Handgriffen Magie in einen Topf legte. Kochen war für ihn Fürsorge. Der Tisch bekam einen Stoff, Gläser standen bereit, Kerzen warfen Licht auf Tellerkanten.

Eine geöffnete Flasche Wein gehörte dazu. Jonas strich über das Etikett, nannte Gegend und Boden, sprach von der Lage, stellte das Glas in die Mitte und ließ die Runde daran riechen. Er übertrieb nicht, er malte ein Bild. Die Gäste hörten zu, prosteten, und plötzlich kreiste ein Gespräch, das mehr war als Geplauder. Mit der Zeit wurden die Themen schwerer. Ehen, die bröckelten. Kinder, die sich entfernten. Berufe, die viel versprachen und wenig gaben. Jonas unterbrach niemanden. Er hörte zu und fragte bisweilen vorsichtig nach. Wer den Tisch verließ, wirkte oft leichter, nicht wegen Lösungen, eher wegen des Gefühls, gesehen zu werden.

Nach solchen Abenden blieb er häufig allein in der Küche sitzen. Kerzenstummel rauchten, Teller stapelten sich, ein Glas war halb leer, der Hund atmete gleichmäßig. Jonas spürte dann eine Melancholie, die nicht dramatisch war, eher wie eine dünne Decke, die man akzeptierte. Er konnte anderen Wärme geben, für sich hatte er noch keine dauerhafte Antwort. Affären gab es, kurze Lieben, zarte Anläufe. Ein Teil seines Herzens blieb unvermietet.

Am nächsten Morgen trug er Wanderschuhe, warf dem Hund den Stock, stapfte durch die Weiden und die Wälder, atmete feuchte Erde und das Harz der Kiefern. Tränen kamen manchmal, ohne Vorwarnung, tastend und unaufdringlich, und verschwanden wieder. Wenn er die Kamera hob, wurde der Atem ruhig. Dann war er für Minuten oder Stunden ein Mann am richtigen Ort, auch wenn die große Richtung im Leben unentschieden blieb. An manchen Nächten saß er mit einem Glas Rotwein draußen, schaute in den Himmel und dachte, irgendwo warte noch ein Kapitel, dass das Leben auf ihn zugeschrieben hatte.

Der heutige Studiotermin lief wie aus einem Guss. Das Model war pünktlich, freundlich, zugewandt. Jonas wiederholte seine immer gleiche Ansage: „Du sagst an, was geht. Du hältst an, wenn etwas nicht stimmig ist. Wir zeigen nur, was du zeigen willst.“ Sie nickte, atmete durch und stellte ihre Musik an. Ein fröhlicher Beat füllte den Raum, etwas Vertrautes, das den Körper weich machte. Die ersten Portraits entstanden sitzend, es folgten weitere im Stehen, die Hände an der Taille, der Blick knapp an der Kamera vorbei.

Als das Eis brach, wagten beide mehr. Eine Lederkorsage, die Figur betonend, High Heels, die den Gang veränderten. Schatten glitten über Haut, Licht zeichnete den Hals. Jonas hielt Abstand, erklärte kaum, zeigte ab und zu die Rückschau, fragte nach Empfinden und Grenzen. Sie lächelte und sagte, dass die letzten Motive ihr gefielen. Später, beim Sortieren der Bilder am Monitor, rückten sie einander mit den Stühlen näher. Nah genug, um Wärme zu spüren. Jonas war berührt von dieser Frau und ihrem Wechsel zwischen Stärke und Zartheit, der ihre Persönlichkeit ausmachte. Er flirtete, vorsichtig, ohne Druck. Sie sprach von einer Trennung, die sie noch beschäftigte, und von einem Kopf, der zu voll war.

In den Tagen darauf blieb er freundlich in Kontakt. Seine Nachrichten wurden offener, vielleicht zu offen. Er schrieb, wie sehr ihn ihr Lachen berührt hatte, gestand, dass ihn eine bestimmte Serie nicht losließ. Sie antwortete knapp, dann intensiver. Eines Abends klingelte es an der Tür. Der Besuch fiel kurz aus. Was beide suchten, lag zu nah an der Oberfläche. Als sie gegangen war, stand Jonas im Flur und spürte, dass Nähe ohne Halt fast nichts wog.

Als er den Rechner startete, ploppte eine Warnung auf. Speicherplatz knapp. Kein Wunder. Jonas bewahrte alle Aufnahmen der Shootings auf. Die Rohdaten, RAW-Dateien, enthielten jedes Detail, jedes Rauschen, jede Reserve für die Bearbeitung. Ein Bild brachte um die fünfundzwanzig Megabyte auf die Waage. Bei mehr als hundert Aufnahmen pro Termin sammelte sich Material wie Kies im Bachbett. Die Meldung zwang ihn zu einem Blick in die Ordner. Er klickte sich durch Sessions und staunte. Viel Schönes war entstanden, manches ähnelte sich wie ein Geschwisterkind dem anderen. Ein Gedanke setzte sich fest. Für das nächste Mal brauchte es einen Ort, der mehr forderte.

Ein Model hatte vor einiger Zeit eine Eisenbahnbrücke erwähnt, stillgelegt, weit draußen, Rost über Wasser, Schotter, der unter den Sohlen knirschte. Allein das Bild reizte ihn. Außerdem gab es in der Umgebung diese verlassenen Gebäude, die nie jemand abreißen wollte. Fenster ohne Glas. Hallen, in denen Gras wuchs. Ecken, die wie altes Papier rochen. Solche Räume gaben Bildern eine Wunde, die nicht weh tat, und eine Geschichte, die man nicht erklären musste.

Jonas nahm sein Notizbuch und schrieb eine Liste. *Brücke am Kanal. Alte Ziegelei hinter dem Gewerbe-*

gebiet. Das verlassene Pumpenhaus an der Schleife des Flusses. Zugang prüfen, Gefahren bedenken, Tageszeit planen.

Er sah vor sich, wie ein Model in einer alten Halle stand, Staub in der Luft, ein Lichtkegel über der Schulter, die Haut kühl, der Blick fest. Er hörte, wie sich der Auslöser schloss. Der Gedanke machte ihn hellwach.

Zum Schluss trat er noch einmal in die Mitte des Studios. Er strich den Stoff des Hintergrunds glatt, rückte einen Stuhl zurecht und überprüfte die Batterien. Dann schaltete er die Lichter aus. Der Raum fiel in Dunkelheit, wie eine Bühne nach dem Applaus. Draußen pfiff der Wind an der Hauskante und in Jonas festigte sich ein Entschluss. Das nächste Shooting würde an einem Ort stattfinden, der seine Bilder neu auflud. Nicht morgen, nicht übermorgen. Bald.

Vertrauen im Gegenlicht

Licht fiel durch die hohen Fenster in den verwaisten Saal und legte helle Flecken auf den staubigen Boden. Der Geruch von feuchtem Mörtel und altem Holz hing in der Luft. Ein Vogel raschelte oben im Gebälk, irgendwo tropfte Wasser in eine Pfütze. Jonas richtete das Stativ, prüfte die Brennweite, atmete ein und aus. Mit jedem Klick der Kamera wurde der Raum kleiner und Elena größer. Die Konturen ihres Gesichts nahmen das Licht auf, die Haut wirkte warm, die Augen spiegelten die helle Fläche des Fensters, die Lippen glänzten. An der Nase funkelte ein Piercing, das in Bewegung kurz aufblitzte, als nickte es ihm zu.

Er hatte Elena über seine Ausschreibung gefunden. Der Chat vor dem Termin war mehr als ein sachliches Abklären gewesen. Sie schrieb rasch, offen, in einem Tonfall, der Vertrauen weckte. Bilder von möglichen Outfits schickte sie ohne Aufforderung. Jonas antwortete mit Vorschlägen. Einmal bat er um einfache schwarze Schuhe, die Linie sollte sprechen, nicht die Dekoration. Am nächsten Tag meldete sie sich. Die Lieferung sei angekommen und sie freue sich auf das Spiel mit Stoff und Haut. Bevor er ins Auto stieg, wünschte sie eine gute Fahrt und mahnte mit einem Smiley zur Vorsicht. Der kleine Zusatz berührte ihn sehr, weil jemand an ihn dachte, bevor etwas begonnen hatte.

In der Halle stellte Elena eine Tasche neben den alten Vorhang, der den Nebenraum verdeckte. Sie griff hinein und legte Stück für Stück bereit. Ein kurzes Kleid, eine schlichte Bluse, Unterwäsche in zwei Tönen, eine Lederkorsage, Strümpfe, die ihre Hände behutsam glätteten, schwarze Pumps, die noch nach Karton rochen. Dann zog sie die Jacke aus, wendete sich halb ab und wechselte das Outfit so selbstverständlich, als öffnete sie nur ein Fenster. Nichts von peinlicher Verlegenheit lag in ihrer Bewegung. Die innere Ruhe einer Frau, die ihren Körper kannte. Jonas trat einen Schritt zur Seite, gab ihr Raum, beschäftigte sich mit dem Akku, redete über den Staub, der gleich im Licht tanzen würde, und erwähnte die Reihenfolge der Motive.

Vor dem ersten Bild stellte er die Regeln klar. Er zeigte auf den Zettel mit dem Einverständnis, erklärte die Veröffentlichung, die Auswahl, den Ablauf bei Wünschen nach Löschung. Er sagte, was er immer sagte, und beim Sprechen spürte er, wie sehr er diese Sätze verinnerlicht hatte. „Du sagst an, was geht. Wenn sich etwas falsch anfühlt, stoppen wir. Wir zeigen nur, was du zeigen willst.“ Elena las, nickte, stellte eine Frage zu den Formaten. Dann lächelte sie und sagte, sie vertraue ihm. Die Wärme, die in diesem Satz lag, lief ihm über die Arme.

Die ersten Aufnahmen waren Portraits. Elena saß auf einem einfachen Stuhl, die Hände im Schoß, den Blick knapp am Objektiv vorbei. Jonas gab kaum Anweisungen, er lobte die Haltung, bat einmal um ein Ausatmen und einmal um einen ganz kleinen Winkelwechsel. Das Licht von der Seite ließ eine Linie am Hals entstehen, die ihm gefiel. Er zeigte die Rückschau, Elena beugte sich vor. Sie suchte nicht nach Makeln, wie er schnell feststellte. Es ging ihr um den Ausdruck. „Das bin ich", sagte sie leise, und in dem Satz lagen Stolz und ein Fünkchen Erstaunen.

Mit jeder Serie öffnete der Raum weitere Möglichkeiten. Die Bluse, nur ein Knopf gelöst, der Ansatz eines Kragens, der Schatten an der Schlüsselbeinmulde. Ein Schritt in die Mitte des Saals, wo das Licht härter fiel. Ein Griff in die Tasche, Leder, die Korsage in der Hand, die sie prüfend vor den Bauch hielt, bevor sie verschwand und wieder erschien. Sie stand dann im Gegenlicht, die Pumps verlangsamten ihren Gang, das Geräusch der Absätze mischte sich mit dem entfernten Tropfen und dem Klicken der Kamera. Jonas hielt Abstand, kreiste, suchte Winkel, die Würde ließen, und spürte, dass sich die Temperatur im Raum zu verändern schien, obwohl die Luft kühl blieb.

Als Jonas nach über einer Stunde Arbeit wieder durch das Objektiv blickte, sah er auf einmal mehr als nur sein Model. Elena hatte ihren so grazil anmutenden Kopf in den Nacken gelegt und schaute ihn mit ihren großen, gekonnt in Szene gesetzten Augen direkt durch die

Kamera an. Ihr durchdringender Blick verursachte ein Kribbeln. Es war, als wollte sie ihm sagen: ‚Das ist nur für dich.' Für einen Atemzug vergaß er alles Handwerkliche, stand nur da und schaute. Dann hob er die Kamera wieder, suchte Halt in der Arbeit und lächelte, ohne dass sie es sehen konnte.

Sie sprach nicht viel, äußerte sich auf den Punkt. Auf die Frage, ob ihr kalt sei, antwortete sie, sie mache sich warme Bilder. Jonas schluckte und wusste in diesem Moment, dass aus diesem Termin etwas bleiben würde. Nicht zwangsläufig eine Geschichte, eher eine Spur in ihm, die sich nicht so leicht abwischen ließ.

Die Serie gewann an Mut und alles verblieb in der Sprache des Körpers. Das Inventar war Nebensache und im Grunde nicht erforderlich. Jonas achtete darauf, dass die Hände nicht zu erklären schienen, was der Mund hätte sagen müssen. Er dachte an die Frauen, die er in den letzten Jahren fotografiert hatte, an die vielen Versuche, die zu sehr Oberfläche gewesen waren. Hier stand jemand, der wusste, was er tat, und gleichzeitig bereit war, im Bild etwas zu riskieren. Als er die Speicherkarte wechselte, bemerkte er, dass die Zeit bereits viel weiter fortgeschritten war, als er vermutet hatte.

Nach der letzten Serie standen beide am Monitor. Staub funkelte in den Lichtkegeln, draußen zog eine Wolke vor die Sonne. Elena beugte sich vor, legte den

Zeigefinger an den Rand eines Bildes, auf dem die Haut kühl wirkte und die Augen leuchteten. „Das gefällt mir", sagte sie. Jonas nickte. Er blätterte weiter. Dann blieb er an einer Aufnahme hängen, die mit Wasser zu tun hatte. Ein dünner Film hatte auf der Schulter geglänzt und kleine Perlen gebildet. In der Halle roch es noch immer nach Holz und Feuchte, doch von dem Bild ging eine Wärme aus, die aus dem Inneren kam. Jonas spürte, wie er kurz die Luft anhielt. „Du siehst dich," sagte er, „und ich sehe dich auch." Elena antwortete nicht. Sie sah auf den Bildschirm und legte die Stirn in Falten, so als suche sie einen Widerspruch und fände keinen.

Auf der Bank am Fenster machten sie eine Pause. Er gab ihr Wasser, sie trank in kleinen Schlucken. Er fragte nach der Reise hierher, nach Arbeit, nach der Lust an Bildern. Kurz schilderte sie den Büroalltag mit Terminen, die sich wiederholten. Ihr Kind forderte viel. Sie erwähnte auch, dass sie verheiratet sei und Räume für sich brauche, in denen sie atmen könne. Jonas hörte zu und stellte nur wenige Rückfragen. Der Hund, der sonst oft bei ihm war, lag zu Hause und der Raum neben ihm blieb leer. Er nahm in ihrem Ton eine Mischung aus Kraft und Müdigkeit wahr und ahnte den Preis, den diese Mischung mit sich brachte.

Die Arbeit ging weiter, bis die To-do-Liste keine Punkte mehr aufwies. Elena zog die Schuhe aus, massierte sich kurz die Zehen und lachte darüber, dass ein paar Zentimeter Absatz Welten verschieben konnten. Jonas packte ein, notierte Dateien, ordnete die Karte, räumte den Stuhl an den Rand und kontrollierte zum Schluss die Fenster. Der Raum atmete auf, als der letzte Klick der Lampe verstummte.

Sie standen am Eingang, als der Tag bereits in die späte Helligkeit kippte. Elena trat näher, blieb in höflicher Distanz und sagte, sie habe Zeit. Ihre Stimme war tief, ihr Tonfall nicht drängend. „Wenn du magst, bleiben wir noch zusammen. Ein Kaffee, etwas zu essen, reden." Der Satz war eine Offerte, kein Test. Jonas spürte, dass sein Herz kurz schneller schlug und gleichzeitig eine alte Unsicherheit in ihm aufkam. Er war kein Mann der schnellen Schritte. Er schätzte Anläufe, er brauchte Zeichen, die ihm sagten, dass da jemand nicht spielte.

Schließlich antwortete er, er freue sich über Gesellschaft. Er schlug vor, im Ort zu bleiben und das Steakhaus am Platz zu probieren, das er mal im Vorbeifahren gesehen hatte. Elena nickte und zog eine leichte Jacke an. Im Auto, das nach Staub und Leder roch, saßen sie erst schweigend nebeneinander. Dann begann sie zu erzählen. Keine Klagen. Mehr eine Reihe von Bildern. Ein Morgen, an dem die Milch überkochte, weil ein Kind fragte, wie man wisse, ob eine Lüge eine Lüge sei. Ein Nachmittag, an dem niemand ans Telefon ging, als sie anrief, obwohl sie wusste, dass das Telefon neben der

Spüle lag. Jonas legte nicht die Hand auf ihre, er ließ die Finger am Lenkrad, atmete ruhig und fragte nur dann, wenn zwischen zwei Sätzen Raum blieb.

Sie saßen auf einer Eckbank unter bunten Lichtern. Glocken läuteten in der Ferne. Elena schob sich eine Haarsträhne hinter das Ohr. Er tat so, als sähe er die Bewegung nicht. Sie redeten über Filme, die sie mochten, über ein Buch, das auf beiden Nachttischen lag, über diese eigenartige Zartheit, die Menschen manchmal zeigten, wenn sie glaubten, niemand schaue zu. Sie lachten zweimal über etwas, das ihnen beiden einfiel, ohne dass sie es erklären mussten. Jonas fühlte, wie die Minuten leichter wurden.

Beim Abschied stand sie vor ihm und hielt kurz seinen Blick. „Danke für heute," sagte sie. Keine Floskel, eher eine Feststellung. Sie trat einen halben Schritt näher. „Wenn du magst, treffen wir uns wieder. Nicht nur für Bilder." Jonas bemerkte, dass sein Schweigen zu lang wurde, und nickte. „Ich melde mich," sagte er. Der Satz war wahr, auch wenn er ihm dünn vorkam. Elena zog die Augenbrauen minimal hoch, so als sei sie diese Antwort gewohnt, und lächelte. Sie stieg ein, startete, fuhr an und hob die Hand zum Gruß, als sie am Ende der Straße abbog.

Zu Hause überflog Jonas die Dateien des Tages. Die Warnung zum knappen Speicher blinkte. Er sortierte grob, markierte eine Handvoll Aufnahmen und ließ den Rest in Ruhe. Der Blick blieb an einer Serie hängen, in der Elena im Profil stand und das Licht ihr wie eine Kante über die Wange strich. Zwischen zwei Bildern lag nur eine halbe Sekunde, und doch wirkte der Ausdruck völlig anders. Ein kaum sichtbares Loslassen, ein winziges Ergreifen. Er legte die Hand auf die Tischplatte, so als müsse er etwas festhalten.

Die Küche roch nach Kaffee, obwohl niemand welchen gekocht hatte. Er nahm ein Glas Wasser, trat vor die Tür und hörte, wie ein Zug in der Ferne bremste. Der Abend schob sich über die Bäume. Er dachte an Elenas Satz mit den Räumen, in denen man atmen könne, und an die eigene Gewohnheit, anderen Luft zu geben und selbst immer knapsen zu müssen. Er wusste, dass er schreiben würde. Nicht sofort, doch bald. Eine Einladung, die sich nach einem Anfang anfühlte.

Er setzte sich an den Tisch und öffnete den Kalender. Termine waren dort vermerkt, Termine, die sich wiederholten. Er schrieb dazu:

Brücke am Kanal besichtigen. Alte Ziegelei prüfen. Genehmigung erfragen.

Und darunter in kleinerer Schrift:

Elena anrufen.

Nicht aus einer Laune. Erst wenn der Atem wieder ruhig war.

Der Abend zog an ihm vorbei. Die Hündin legte sich

zu seinen Füßen. Er strich ihr über den Kopf und die Wärme des Tiers half, die Unruhe zu dämpfen. Bevor er das Licht löschte, sah er noch einmal vor sich, wie Elena den Kopf in den Nacken legte und die Augen öffnete, als wolle sie sagen, dass es jetzt gut sei, gesehen zu werden. Er wusste nicht, ob daraus etwas werden sollte. Er wusste nur, dass er anders schlafen würde als in den Nächten zuvor.

Am Morgen würde die Halle wieder leer sein, Staub und Stille. Mit den Dateien jedoch blieb etwas, das nicht nur Bild war. Eine Geschichte, die sich nicht aufdrängte, die aber in ihm leise weiterschrieb.

Verabredung am See

Wer hatte diese Anlagen entworfen? Kein Baum, kein Strauch, nur Beton und Asphalt. Am Horizont war ein Einkaufszentrum zu sehen, rechts und links reihten sich aufgehübschte Einheitsbauten aneinander. Trostlos hoch zwei. Auf einer Bank saß eine sehr junge Mutter, vor ihr ein Kinderwagen. Sie tippte auf ein Handy, der Blick klebte am Display. Von Elena keine Spur. Jonas sah auf die Uhr und sprach im Kopf laut mit sich. Noch fünf Minuten, dann würde er fahren. In dem Moment vibrierte das Gerät. Eine Sprachnachricht. Die Straße sei gesperrt, sie komme zu spät. Er atmete durch. Pünktlichkeit war nicht ihre Stärke, das wusste er bereits, doch die Vorfreude blieb. Seine Anreise war lang gewesen, sein Tag wollte ein Bild, das entschädigte.

Sie kam im leichten Schritt, ein flüchtiger Kuss auf die Wange, der Duft von Parfum und Straße. Das Auto nahm sie auf und kurze Zeit später parkten sie an einem See, der wie eine Münze im Grünen lag. Holzstege, Schilf, das sich bewegte, Wasser, das sich an den Steinen brach.

Die Stunden am Ufer taten, was warme Tage tun. Sie erleichterten. Elena erzählte von ihrer Tochter, ihre Stimme veränderte sich dabei, wurde weich, und Jonas hörte gerne zu. Unvermittelt klingelte ihr Telefon. Die Tochter. Elena sah auf den Bildschirm und nahm an. Sie sprach schnell, sagte, das gehe jetzt nicht, sie solle den

Zug zu Oma nehmen, sie komme am Abend nach. Jonas sah auf den See. Der Satz blieb zwischen ihnen hängen wie eine Kleidungsfaser, die sich an einer Kante verfangen hatte. Er sagte nichts und legte die Hand an die Lehne der Bank, die Sonne wärmte das Holz.

Nach dem späten Bad gingen sie in die Stadt hinüber. Ein Italiener an der Promenade hatte Plätze auf der Terrasse frei. Die Luft roch nach Ofen und Tomate. Elena blätterte lang in der Karte, schaute immer wieder zu den Desserts. Sie wechselte zwischen Tiramisu und Panna cotta und kehrte zum Anfang zurück. Jonas bestellte am Ende für beide. Panna cotta, dazu Beeren. Ein kurzer Blick, ein leichtes Nicken und das Thema war erledigt. Entscheiden konnte sie sich offenbar nur ganz schlecht.

Der Tag bog in den Abend ein. Sie durchstreiften ein verlassenes Fabrikgelände. Fenster ohne Glas, Hallen, in denen Gras aus Rissen wuchs. Auf einem Hügel setzten sie sich. Elena war ihm sehr nahe gekommen, mehr, als er erwartet hatte. Über Stock und Stein suchte sie seine Spur, als sei er Weg und Ziel. Das machte ihn wach und misstrauisch zugleich.

In der sinkenden Sonne legte Jonas die Hand auf ihren Arm. Elena blieb still und ließ es zu. Auf dem Rückweg zum Wagen berührten sich ihre Lippen, erst zögernd, dann entschiedener. Ein Kribbeln schoss ihm von der Wirbelsäule in die Finger. Die Welt wurde klein und leise. Er spürte Hitze, die mit der Luft nicht viel zu tun hatte. Seine Knie wurden weich, der Atem war unruhig. Er hatte dieses Gefühl seit Jahrzehnten nicht mehr verspürt.

Am Wagen lag noch Wärme im Blech. Harz und Staub mischten sich im Geruch, der Tag hing nach. Jonas stand hinter ihr, legte die Stirn an ihren Nacken, dann glitten Hände über Stoff. In der Ferne rief jemand einen Hund. Elena atmete hörbar. „Du bist krass, Pretty", sagte er leise, und sie lachte. Als die Wellen flacher wurden, nahm Jonas sie in den Arm, hielt sie fest, liebkoste sie. Sie hatte Schüttelfrost, bekam Gänsehaut, ihr Körper vibrierte. Später an der Tankstelle zitterten ihre Beine noch und sie redeten kaum, weil Worte die Großartigkeit des Moments nur geschmälert hätten.

Sie verabschiedeten sich spät. Ein nächstes Treffen war verabredet, diesmal bei Jonas zu Hause. Elena wollte kommen.

Am Morgen des verabredeten Tages schrieb sie ihm, sie habe Sehnsucht und wolle das nächste Outdoor-Motiv bald erledigen. Danach brach der Kontakt ab. Jonas hatte den Tisch auf der Terrasse gedeckt, die Liegen in die Sonne gezogen, Schläger und Federball lagen bereit, eine Flasche Massageöl stand auf dem Tisch. Er sah auf die Uhr, dann auf das Telefon. Keine Nachricht. Nach zwei Stunden schrieb er, ob alles in Ordnung sei. Nichts. Ärger kroch in ihm hoch. Er schenkte sich an der Bar einen Rum mit Cola ein, gab Eis in das Glas und schnitt ein Zitronenstück. Das Getränk half nur kurz. Er wiederholte den Vorgang.

Wenn sie um siebzehn Uhr nicht da ist, Schluss, dachte er. Kurz vor der sich gesetzten Frist kam die Nachricht. Das Shooting habe länger gedauert, das Telefon lag in der Tasche, sie habe nicht schreiben können. Jonas spürte, wie seine Ohren heiß wurden. Sie saß doch sonst ständig am Telefon. Der Einfall, dass sie diesen Termin auch anders genutzt haben könnte, drängte sich auf und bereitete ihm Übelkeit. Dann erklang der Motor ihres Wagens in der Einfahrt. Der dritte Drink nahm ihm die Spitzen, nicht die Sache.

Sie stand vor ihm. Das Outfit vom Shooting, starke Schminke, wenig Stoff. Er mochte, wie sie als Elena wirkte, er mochte nicht, wie sie als Figur aus dem Set auf seine Schwelle trat. Sie roch nach Puder und einem Raum, der nicht seiner war. Sie ging duschen, er in den Garten. Der Grill glomm. Ein neuer Schluck, ein langer Atemzug. Er wollte die Gedanken nicht zu Ende denken.

Elena trat barfuß auf die Terrassenschwelle. Dampf zog aus dem Flur. Ein Tropfen Wasser lief ihr über das Schlüsselbein, sie wischte ihn nicht weg. Schwarze Unterwäsche, die Arme gehoben, das Kinn leicht nach oben, als wolle sie fragen, ob er sie so sehen könne. Er stand da, fühlte den Widerstreit und zugleich den Sog. Er fand es billig und begehrenswert in einem. Der Körper gewann.

Von der Terrasse zog der Geruch von angebranntem Steak ins Haus, als beide aus dem Schlafzimmer kamen. Trotz ihrer Schwachstellen, eine Stärke hatte sie. In der Nacht gab er einem Bedürfnis Raum, das lange gewartet hatte. Der Morgen brachte anderes Licht mit sich. Elena lag nackt auf dem Bett, die Sonne zog Streifen über Haut und Laken. Er holte die Kamera. Er fragte, sie nickte. Er fotografierte Schulter, Rücken, eine Hand, zog ihr einen der schwarzen Pumps an und fotografierte den Fuß. Er bat sie, zu knien, sie tat es. Der Ausdruck auf ihrem Gesicht blieb gelöst. Die Aufnahmen waren schön. Fast jedes Bild von ihr war eindrucksvoll.

Am Abend zuvor hatte sie im Foyer eines Musicalhauses geblendet, enges Kleid, sicherer Schritt. Ihr Mann wusste nichts, seine Eifersucht war Legende. Das Lügengewicht stand ihr im Gesicht, auch wenn sie lächelte. Jonas fragte sich, ob ihr Alltag aus Verheimlichung bestand.

Am Morgen deckte er den Tisch im Esszimmer. Tulpen in einer Vase, ein Kerzenständer aus Silber, Brötchen, Obst, Aufschnitt, Rührei im Glas, Cappuccino. Er wollte Wärme anbieten. Elena zeigte ihm Fotos vom

Vortag. Dekor, Masken, Schminke, Posen, die an ihm vorbeigingen. Er suchte den Namen des Fotografen und fand einen jungen Mann. Die Bilder wirkten auf Jonas wie Kostüminszenierungen. Die Türglocke klingelte. Elena zuckte zusammen. Der Hund sprang auf. Jonas ging in den Flur, schloss die Tür hinter sich und wies den Besucher ab. „Ich habe Besuch, das passt nicht", sagte er, „wir sprechen ein andermal." Zurück am Tisch fragte Elena, wer das gewesen sei. „Ein Model, das den Termin falsch notiert hat", sagte er. Ihre Stirn legte sich in Falten.

Im Laufe des Tages kippte die Stimmung. Nähe, die in der Nacht leicht gewesen war, fühlte sich nun schwer an. Elena wurde still. Der Gedanke an den Mann daheim stand wie ein Möbelstück im Raum. Jonas versuchte, die Zugluft abzuhalten, doch er hatte das falsche Werkzeug.

Sie gingen am Fluss entlang. Er nahm ihre Hand. Nach einer Weile zog er sie einen Pfad entlang zu einem Jagdhäuschen, das er seit der Kindheit kannte. Dort war sie ihm in einer Weise nahe, das ihn bis ins Mark traf, und zugleich begriff er, wie sehr ihn dieser Weg verwundbar machte.

Jonas dachte an ein Foto in Elenas Profil. Eine junge Frau mit offenem Gesicht, lachend, ein Wunder der Schöpfung. Er hatte es für ein Foto der Tochter gehalten. Die Elena neben ihm war blass, die Züge hart, das Haar hing müde herab. Sexy, ja, und doch erschöpft. Was war in den Jahren geschehen? Sie hatte sich sehr verändert.

Auf dem Wochenmarkt kaufte Elena Obst für beide. Nicht günstig. Zurück zu Hause stellte sich heraus, dass die Hälfte fehlte. Jonas versprach, am nächsten Samstag Trauben aus Südafrika zu holen. In der Fußgängerzone tastete er nach ihrer Hand und hielt sie warm. Es fühlte sich gut an und zugleich fremd. So war es auch im Bett. Sie konnte Nähe, das stand außer Frage, doch er hatte das Gefühl, neben einem Sack Reis zu liegen. Warum war sie zu ihm gefahren, wenn es ihr nicht gut ging. Er sah sich an. Groß, kräftig, braune Haut vom Garten, ein Bauch, die Stirn weit. Was trieb sie an. Flucht? Neugier? Ein Stück Exotik, das sie sich auslieh?

Später, in einem Streit, sagte sie, er könne froh sein, dass sie mit ihm geschlafen habe. Der Satz fuhr ihm durch den Leib. Wehrhaft wirkte sie selten. Wer den Schalter kannte, fand Zugang. Das klang geradezu wie aus dem Mund einer Prosituierten, die ihrem Stammkunden eine Freinummer zum Geburtstag spendierte. Dann jedoch dachte er an die Küsse. Er hielt sich vor Augen, wie sie ihm am ersten Tag buchstäblich nachgelaufen war, wie er und sie sich innig geliebt hatten. Das erste Foto, das er von ihr erhalten hatte, fiel ihm wieder ein. Ein Paar durchsichtige Schuhe mit hoher Plateausohle, die er nur aus einer anderen Welt kannte.

An einem langen Wochenende hatte er vor, sie zu überraschen. Sie schrieb, das sei lieb, sie brauche Ruhe von der Arbeit und wünsche sich, dass er die Zeit mit seinen Kindern verbringe. Familie sei wichtig, schrieb sie und setzte mehrere Ausrufezeichen. Jonas war gerührt und misstrauisch zugleich. Sie war ständig online, antwortete ihm jedoch nicht. Er dachte an die Tochter, die angeblich so wichtig war. Kinder hatten so feine Antennen. Das Mädchen wusste mehr, als Worte sagten. War ihr das denn nicht klar?

Er hatte Elena einmal von einem dunklen Kapitel erzählt. Von seinem Versuch, aus dieser Welt zu gehen, und von einer Freundin, die treulos gewesen war. Elena kommentierte das nicht. Später nannte sie ihn einen Psychopathen. Sein Kopf sei das Problem. Jonas dachte an eine Episode, die sie beiläufig erwähnt hatte: ein Bauarbeiter, der ihr seinen Wohnwagen von innen zeigte. Er wollte wissen, welche Räume sie im Leben betrat und warum.

Die Fahrt zurück machte ihn still. Abschied lag in der Luft, obwohl niemand es ausgesprochen hatte. Tränen kamen. Er hatte sie lieb. Sehr lieb. Elena spürte, dass etwas nicht stimmte. Er drängte sie, aufzubrechen. „Willst du mich loswerden?“, fragte sie, und die Stimme hatte eine Schärfe, die er nicht kannte. Er war überfordert, sah keine gemeinsame Richtung und wollte doch nichts verlieren.

Unten an der Straße stand der Nachbar. Der Mann, der noch immer glaubte, Jonas lebe in der alten Ehe und der ihn deshalb bat, die Frau zu grüßen. Jonas wich Elenas Abschiedskuss aus, aus Scham, nicht aus Kälte. Die erstarrte, stieg in ihr Auto ein und fuhr los. Sekunden später vibrierte sein Telefon. Sie schrieb, er solle das bei der nächsten Frau besser lassen. Er wusste, sie hatte recht, und fühlte sich dennoch gefangen in einer Haut, die nicht schneller lernen konnte. Er las den Satz als Abschied. Wut flammte in ihm auf. Er schrieb etwas, das er nie hätte schreiben dürfen. Sie sei für ihn nur ein Spielzeug gewesen. Der Text traf sie, sie musste an den Rand fahren.

Jonas gelang es nicht, Abstand zu halten. Das Erlebte trug ihn durch Tage und Nächte, und sein Kopf arbeitete gegen ihn. Er kam aus Jahrzehnten der Einmaligkeit und befand sich plötzlich in einer Welt, die andere Regeln hatte. Eifersucht, Unsicherheit, Verlustangst, der Wunsch nach Kontrolle. Er verstand, was die Diskrepanz mit ihm tat, und war doch nicht in der Lage, sie klein zu bekommen. Einmal dachte er daran, wie einfach es wäre, nichts mehr zu fühlen.

Er schickte ihr eine Stellenanzeige, die zu ihr passen konnte. Immer wieder stellte er sich vor, es läutete und sie stünde mit Koffern vor der Tür. In einem bitteren Gedankenspiel war es für ihn logisch. Wenn er dem eifersüchtigen Mann die Affäre beichtete, käme die

Trennung, und dann käme sie zu ihm. Noch im Streit schrieb sie, er sei ihr wichtig.

Die Monate danach fühlten sich an wie eine Fahrt ohne Bremsen. Er dachte morgens an sie, mittags, abends. Er frage sich, wie es ihr ging und was sie tat. Seine Hände griffen im Schlaf nach etwas, das nicht da war. Und doch schrieb er keine neuen Nachrichten. Er saß stattdessen am Küchentisch, sah durch das Fenster in den Garten und wartete, dass der Wind die Blätter drehte. Manchmal drehte er sie nicht, und die Luft stand still.

Das Spiel mit den Grenzen

Elena war in einem Dorf zur Welt gekommen, das zwischen Kiefern und Feldern lag. Ein Bach zog träge am Garten vorbei, im Sommer summten Insekten, im Winter lag Raureif auf den Zäunen. Sie war das einzige Kind. Der Vater war ein Mann der Leichtigkeit, risikofreudig, mit einem Lachen, das man hörte, bevor man ihn sah. Er starb früh. In Elenas Erinnerung war er wie eine Sonne, deren Licht nicht nur wärmte. Es blendete. Liebe und Furcht lebten in diesem Bild nebeneinander. Die Mutter war still und verlässlich, sie hielt den Alltag zusammen, achtete auf Ordnung, bezahlte Rechnungen pünktlich, legte Listen an und trug die Tasche zur Post. So lernte das Mädchen, Dinge zu sortieren und Verantwortung zu tragen, lange bevor Gleichaltrige daran dachten.

Tiere waren ihr nahe. Auf dem Hof gab es ein paar Ziegen, Hühner pickten, ein Hund schlief auf der Matte vor der Tür. Elena striegelte, fütterte, wechselte Wasser, suchte nach kleinen Verletzungen und strich mit dem Daumen über Kanten und Fell. Diese Arbeit tat weh in den Händen und gab doch etwas zurück. Ein ruhiger Blick, ein Laut, der nach Zufriedenheit klang, ein Kopf, der sich in ihre Hand legte, all das hinterließ Spuren in ihr. Später betraf die gleiche Zuwendung Menschen, die kaum um Hilfe baten und sie doch brauchten.

Mit zehn entdeckte sie den Fußballplatz am Dorfrand

für sich. Die Mannschaft bestand fast nur aus Jungen. Elenas erster Auftritt rief Gelächter hervor, dann Staunen. Sie rannte, übte Torschüsse, hörte auf Hinweise, biss die Zähne zusammen und stand wieder auf, wenn sie fiel. Nach einiger Zeit spielte sie in der Kreisliga. Dieser Sport wurde zum Ventil. Was im Kopf schwer wog, löste sich im Lauf auf. Was die Brust eng machte, öffnete sich, wenn der Ball gut getroffen wurde und die Linie ins Eck traf.

In der Schule hielt sie den Kurs. Der Abschluss geriet ordentlich. Danach arbeitete sie im Laden an der Hauptstraße. Brot, Zeitschriften, Waschpulver, ein paar Regale mit Schrauben und Nägeln, eine Ecke für Papier und Hefte. Sie mochte das kleine Gespräch am Morgen, kannte Stammkundinnen und -kunden, wusste, wer lieber passend zahlte und wer erst im Portemonnaie suchte. Nach Feierabend zog sie die Laufschuhe an, lief an Feldern vorbei, schwamm im Teich, fuhr mit dem Rad bis zur alten Brücke. Bewegung war Schutz und Trost zugleich.

Es gab Tage, an denen die Traurigkeit sie besuchte, ohne Grund. Manchmal kam sie abends, wenn sie im Bett lag, manchmal auf dem Heimweg vom Training. Tränen beschämten sie nicht. Sie wusste, dass sie den Druck aus ihr nahmen. Auf Reisen mit der Mutter sah sie Seen, kleine Städte, Weinstöcke an Hängen, Wälder, die nach Nadeln rochen. Diese Wege gaben einen Blick auf Welt außerhalb des Dorfes und legten Bilder in ihr ab, die später wieder hochkamen.

Mit Anfang zwanzig lernte sie einen älteren Mann kennen. Er sprach ruhig, hörte zu, brachte Wärme in seine Sätze. Zwischen den beiden entstand Nähe. Sie sah ihn erst im Café, dann beim Fest auf dem Platz, am Ende saßen sie an einem Tisch, der nach Brot und Käse roch, und sprachen, als hätten sie das schon oft getan. Er gab Halt. Elenas Herz lehnte sich an diese Ruhe.

Die Tochter kam, ein kleines, warmes Bündel, dessen Atem sie nachts wach hielt und zugleich tröstete. Ein paar Jahre später feierten sie eine schlichte Hochzeit. Es gab Kartoffelsalat, Schmalz auf Brot, Bierbänke, Musik aus zwei Lautsprechern. Die Nachbarin schenkte ihnen einen Baum für den Garten. Elena war stolz, wenn das Kind lachte und Worte formte, die erst wackelten und dann sicher wurden. Die Tage langten weit in die Nacht hinein, trotzdem blieb Platz für eigene Wege. Sie joggte, traf Freundinnen zum Volleyball, ging in die Natur und atmete frei. Pflicht und Freude fanden einen Rhythmus, der sie aufrechterhielt.

Manchmal legte sich dennoch ein Schatten auf sie. Nicht als dunkler Vorhang, eher wie eine dünne Schicht über allem. Sie nahm diesen Anteil an. Er erinnerte sie daran, dass Glück Risse hatte. Die frühe Trauer um den Vater, die Stille mancher Abende, der Druck, gut zu sein, alle diese Dinge formten einen Knoten aus Stärke und Empfindsamkeit. Elena konnte lieben, ohne sich zu verlieren. Sie sah Spatzen im Staub, hörte das Knacken von Eis im Wintergras, roch Regen in der Luft, bevor Tropfen fielen. In solchen Momenten fühlte sie sich wach und lebendig.

Mit achtzehn kam ein Trainer in die Mannschaft, ein Mann Mitte dreißig, der die richtigen Worte zur rechten Zeit fand. Ein Lächeln zeigte er selten, aber wenn es so weit war, traf es genau den Punkt, an dem Mut entstand. Er blieb nach dem Training für kurze Gespräche, zeigte Bewegungen, die den Körper in die richtige Linie brachten, und Elena merkte, dass ihr Respekt zunahm. Zwischen den beiden herrschte eine Spannung, die nichts nahm und nichts gab, die eher Lektion war. Nähe verlangte Maß. Sie schrieb das in ein Heft, das sie im Schrank verbarg. Eine Schwärmerei war es nicht. Hier ging es um Fragen. Wer bin ich, wenn Anziehung und Vorsicht zugleich in mir wohnen? Wie halte ich das aus, ohne mir weh zu tun? Diese Übung gab ihr innere Ordnung, Geduld, ein Rückgrat.

An den Wochenenden zog es sie in die Stadt. Der Regionalzug brauchte knapp eine Stunde. Sobald die hohen Häuser auftauchten, kribbelte es in ihr. Niemand kannte ihren Namen und das machte leicht. Die Disko lag in einer Seitenstraße. Neon flackerte über der Tür. Auf der Treppe pochte der Bass, drinnen war es warm, die Luft vibrierte, der Boden klebte ein wenig. Parfüm mischte sich mit Schweiß, Lichtkegel schnitten durch die Menge. Elena tanzte, als löse sich eine Hülle von ihr. Mit geschlossenen Augen nahm sie nur noch den Rhythmus wahr.

Ein Mann stellte sich hinter sie, fand den Takt, legte vorsichtig die Hände an ihre Hüften. Sie drehte sich halb, sah ein schmales Gesicht mit Schweiß auf der Stirn und einen Blick, der von Mut zeugte. Ein kurzes Lächeln und beide bewegten sich, als hätten sie das geübt. An der Bar standen sie dicht nebeneinander, ihre Arme berührten sich. Worte brauchten sie kaum. Zurück auf der Fläche legte er den Arm um sie. Sie ließ es zu. Ein Geruch nach Rauch und einem herben Wasser lag in der Luft.

Später nahm er ihre Hand. Sie bahnten sich den Weg hinaus. Draußen war es kühler. Laternen malten gelbe Kreise auf das Pflaster, in der Ferne quietschte eine Bahn. Eine Tankstelle leuchtete wie eine Bühne. Benzin und Gummi lagen in der Luft. Elena lachte leise über die Absurdität des Ortes. An der Kasse bekam sie den Schlüssel für die Toilette. Der Kassierer hob den Blick, nickte, sah wieder auf den Bildschirm.

Der erste Kuss fühlte sich an, als hielte die Zeit den Atem an. Der Club existierte nicht mehr, das Dorf auch nicht. Es gab nur diesen Moment, den Geschmack fremder Lippen und das Klopfen ihres Herzens, das Wissen, jetzt etwas zu tun, das sie nie vergessen würde.

Keine Nummern, kein Plan. Sie trennten sich an der nächsten Ecke. Die Nacht hatte sie zusammengeschoben und wieder gelöst. Elena setzte sich an die Haltestelle, sah ihr Spiegelbild in der Scheibe und lächelte. Etwas in ihr war gewachsen. Ein Entschluss, der noch ohne Namen blieb.

Die Jahre danach brachten Routine und Brüche mit sich. Arbeit im Geschäft, Betreuung des Kindes, Gespräche mit der Mutter, die mit milder Strenge durchs Haus ging. Elena liebte den Geruch von Brot am Morgen, das Klirren der Tassen, das Rascheln von Zeitungspapier. Sie liebte auch die Stille, in der sie nach innen hören konnte. In solchen Augenblicken spürte sie beides, Dankbarkeit und einen Rest Sehnsucht nach mehr. Sie wusste, dass ein Leben aus Schichten bestand. Die obere zeigte, was zu sehen war. Darunter lag eine Ebene, die nur wenige kannten. Und noch tiefer gab es einen Kern, der selten Worte fand.

An einem Herbsttag, an dem die Luft nach feuchtem Laub roch, schrieb sie eine Seite über Mut. Mut, eine Grenze zu setzen. Mut, ein Nein auszusprechen, das nicht hart klang. Mut, ein Ja zu wagen, das nicht bloß leichtfertig war. Sie las die Zeilen später und merkte, dass ihr Blick ruhiger wurde. Nicht alles musste gelöst werden. Manches durfte bleiben und reifen.

Wenn sie abends am Fenster stand, sah sie die Sterne über dem Hof und hörte das Ticken der Küchenuhr. Im Zimmer nebenan schlief das Kind. Der Hund schnaufte auf der Matte. Elena legte die Hand auf die Scheibe. Das Glas fühlte sich kühl an. In der Dunkelheit sprach sie kein Wort und hatte doch das Gefühl, gehört zu werden.

Sonntags fuhr sie manchmal mit dem Rad zum Fluss. Dort setzte sie sich auf die Steine und sah dem Wasser zu. Es nahm kleine Blätter mit und einen Strohhalm, den jemand achtlos weggeworfen hatte. Nichts blieb stehen. Auch sie würde nicht stehen bleiben. Der Gedanke machte keine Angst. Er hatte etwas Tröstliches.

Einmal im Monat traf sie sich mit zwei Freundinnen in der Stadt. Sie gingen in ein Kino mit kleinem Saal und rotem Vorhang, tranken danach ein Glas Wein und erzählten. Über die Arbeit, Kinder, Männer, über Müdigkeit und über die Freude an kleinen Dingen. Manchmal sprachen sie über das Gefühl, in zwei Leben zu wohnen. Das eine lag offen auf dem Tisch. Das andere befand sich darunter und war nicht für alle bestimmt. Elena hörte zu, lachte, legte, wenn nötig, die Hand auf einen Arm. Auf dem Heimweg im Zug sah sie Lichter an Fenstern und dachte an all die Menschen hinter den Scheiben, die auch versuchten, ihre Tage gut zu füllen.

So kam sie durch die Jahre. Was sie hatte, währte nicht ewig. Was sie suchte, hatte keinen festen Namen.

Sie ahnte, dass ein neuer Abschnitt vor ihr lag. Nicht heute. Bald. In dieser Ahnung lag kein Druck. Eher ein Versprechen.

Weichenstellung

Der Regen stand wie ein grauer Vorhang vor dem Fenster. Tropfen liefen in Schlangenlinien hinab, als folgten sie Wegen, die niemand steuern konnte. Draußen hastete eine Mutter mit zwei Kindern vorbei. Der Junge quengelte, die Frau zog am Arm, die Kleine verlor einen Schuh, sprang auf einem Bein weiter und lachte trotzig in den Wind. Jonas sah den drei Gestalten nach und etwas Enges legte sich auf seine Brust. So wollte er nicht enden. Eingespannt in eine Abfolge aus Pflichten und Kompromissen, die Tage fraß und wenig zurückgab.

Er war Ende fünfzig. Manchmal spürte er das Alter in Knien und Rücken, oft jedoch die Unruhe eines Mannes, der noch einmal aufbrechen wollte. Diese Unruhe wuchs. Sie hing an einem Bild, das ihn seit Monaten heimsuchte. Das Blau des Atlantiks in hellem Licht. Wind am Tafelberg. Abende auf einer Veranda mit Blick auf Reben. Ein Tisch, auf dem Gläser standen. Elena neben ihm, lachend, einen Sauvignon in der Hand. Er wollte zurück.

Ein Jahr hatte er am Kap gelebt. Zwölf Monate, die mehr Spuren in ihm hinterlassen hatten als viele Jahre zuvor in Deutschland. Gerüche, die wie ein Film auf der Haut lagen. Licht, das Kanten schärfte. Farben, die zurückhaltend wirkten und doch stärker waren als alles, was er kannte. Wenn er nachts erwachte, hörte er Zikaden, spürte Wärme auf der Stirn und sah im Kopf die Kontur eines Berges, der den Himmel hielt.

Er erinnerte sich an Gipfel, die wie Wellen in den Himmel stiegen, an Täler mit Fynbos, der nach Harz und Kräutern roch, an Küsten, an denen Schaumkronen rollten und wieder vergingen. Es gab Strandbuchten, in denen der Sand unter den Sohlen sang, und Wasser, das in der Sonne funkelte. Er sah Wege an Hängen, hörte Metall am Fahrradrahmen, sah Schatten von Bäumen, die sich langsam bewegten. Abende am Meer trug er in sich wie Polaroids. Die Sonne sank, der Himmel brannte und am Rand saßen Menschen, die schwiegen, weil Worte zu viel gewesen wären.

Bei Pirschfahrten brach er im Morgengrauen auf. Der Atem stand sichtbar in der kühlen Luft, Reifen knirschten über Schotter. Grassamen hingen in Bündeln, Spinnenfäden glänzten, sobald die erste Kante Licht erreichte. Einmal stand ein alter Elefantenbulle auf dem Weg. Die Ohren waren ausgestellt, der Rüssel hob sich und Jonas verstand den Hinweis ohne jeden Zweifel. Ein anderes Mal tauchte zwischen Halmen eine Leopardin auf, mit zwei Jungtieren, die im Schutz des Fells blieben. Schakale huschten über Pfade, Impalas sprangen und verharrten im nächsten Moment reglos. Büffel grasten auf einer Ebene, die wie ein dunkles Meer wirkte. Vögel mit langen Schnäbeln wateten durch flaches Wasser. An einem Ufer lag ein Krokodil, das Maul öffnete sich, als wolle es nur Zeit zeigen. Diese Bilder blieben in ihm, stark und fernab jeder Furcht.

In der Rückschau erschienen ihm jene Monate bisweilen wie ein Film, in den er hineingeworfen worden war, ohne das Drehbuch gekannt zu haben. Es gab damals ein Angebot aus Edinburgh, der Vertrag wirkte verlockend, die Stadt hatte Charme. In ihm zog jedoch etwas in eine andere Richtung. Die Freundin seiner Mutter kam zu Besuch, frisch geschieden, aufgewachsen bei Kapstadt. Sie erzählte von Wind und Wärme, von Märkten, von Menschen, die mit einem Satz Eis brachen. Jonas sagte den Job ab und kaufte ein Ticket ohne Rückflug. Die Regelungen für Aufenthalt und Arbeit waren kompliziert, doch er reiste an und hielt sich an das, was ging.

Er fand bald einen Platz in einem Hotel in der Stadt, zuerst an der Rezeption, dann als jemand, der Wünsche von Gästen aufnahm und Lösungen suchte. Das Haus lag mitten in der Stadt. Die Lobby roch morgens nach Politur und Kaffee, abends nach Zitronenöl und Stoff. Der Pianist spielte. Namen kamen und gingen. Ein Mann aus Deutschland übersetzte, ein Brite gab Tipps zu Pubs, eine Frau aus Mosambik servierte Tee und lächelte mit den Augen. Geld aus der Heimat auf ein Konto vor Ort zu bringen, fiel anfangs schwer, die Wege bei den Banken waren zäh, doch am Ende lief es.

Abends saß Jonas oft in Sea Point an einer Theke. Vor ihm glühte ein Rost, auf dem mariniertes Fleisch lag. Eine kleine, runde Frau drehte die Stücke mit einer

Zange und der Geruch blieb in der Luft, als sei er schon immer da gewesen. Ein paar Straßen weiter betrieb ein Mann aus der Schweiz ein kleines Restaurant. Kaum Platz, viel Geschmack. In der Bar eines Hotels mit drei Sternen traf man Menschen, die nur für einen Monat da waren, und solche, die seit Jahren am gleichen Tisch saßen. Der Atlantik lag vor den Fenstern und am Horizont endete die Welt in einer Linie, die beruhigte.

Der Zufall webte Fäden. Einmal tippte ihm jemand auf die Schulter. Ein alter Mitschüler stand vor ihm. Die Eltern waren nach Kapstadt gezogen. Sie sprachen, lachten, tauschten Geschichten aus, und später flüsterte der Freund ihm Hinweise zu einer Firma zu, für die Jonas arbeitete. Es war, als hielte jemand eine Tür einen Spalt offen. An einem anderen Tag traf er eine Bekannte aus Bremen, die plötzlich vor ihm stand und sagte, sie sei hier gelandet, weil sie Luft brauche. Und dann fragte ihn eine Frau bei einem Fest auf einer Terrasse, ob er sich für Gewürze interessiere. Joans nickte. Die Marke kannte man, sie steht in jedem Supermarkt.

Es gab auch Begegnungen, die anders nachklangen. Ein Mann indischer Herkunft mit wachen Augen sprach ihn an. Er sah ihn als einen jener Reisenden, die mehr sehen wollen als Postkarten. Der Mann schlug Besuche in Vierteln vor, die Gäste selten betraten. Jonas stimmte zu, neugierig und vorsichtig. Im Minibus fuhren sie durch Straßen, an deren Rändern Wellblechhäuser standen. Kinder liefen neben dem Wagen her und lachten, Frauen kochten draußen Maisbrei, Männer reparierten Fahrräder, Musik drang aus einem Schuppen. Sie hielten an einem Haus, in dem Kinder eine Mahlzeit bekamen, unterstützt von Menschen, die halfen. Jonas erinnerte sich an Schlagzeilen über Gewalt, an Bilder, die er nie vergessen würde. Er ging langsam, hielt Abstand, sprach leise, achtete darauf, ob sein Blick zu offensiv war und senkte ihn dann. Auf dem Rückweg blieb er still. Nicht aus Angst. Eher aus dem Gefühl, dass ein Leben mehr Ebenen hatte, als man es von außen je ahnen konnte.

All dies verband sich in ihm zu einem inneren Atlas. An einer Stelle war der Wein verortet, wie eine Insel, die nicht mehr wich. Es ging ihm nicht nur um das Trinken. Es ging um Pflanzen, Arbeit im Feld, Handwerk im Keller und Geduld. In Stellenbosch sprach er mit Winzern, hörte ihren trockenen Humor, sah Hände, in die Schnitte wie feine Linien eingegraben waren. Er stand in Kellern, in denen die Luft kühl war und das Holz atmete. Seitdem kreisten seine Gedanken um Reben, Jahrgänge, Lagen, um Wasser, das zur rechten Zeit fehlte oder kam.

Zu Hause in Deutschland wuchsen die Bücherstapel. Titel über Rebsorten aus dem Süden, über den Weg zu einem eigenen Gut, über Anbau für Quereinsteiger. Jonas las, markierte, machte sich Notizen am Rand, legte Hefte an, in denen er Begriffe nachlesen konnte. *Böden.*

Hangneigung. Reihenabstand. Austrieb und Blüte. Lese im März oder später, je nach Lage.

Er skizzierte, wie ein Jahr aussehen könnte. Spätwinter mit Rebschnitt. Frühling mit Binden der Ruten. Sommer mit Laubarbeit und mit dem Kampf gegen Pilze. Herbst mit Trauben, die in Kisten lagen, und mit Most, der langsam zu gären begann. Nächte, in denen man schlief und doch hörte, wie etwas arbeitete.

Als er eines Abends wieder nicht zur Ruhe kam, saß er mit einem Glas Pinotage am Tisch, den Laptop geöffnet. Er klickte sich durch Annoncen. Estates im Westkap mit langen Alleen, weißem Putz, Reet. Preise, die ihn schlucken ließen. Daneben kleinere Höfe mit drei bis zehn Hektar. Er legte Listen an und fütterte Tabellen. Lagen, Hektar, Wasserrechte, Entfernung zur Stadt. Er notierte, welche Reben standen und welche denkbar waren. *Cabernet Sauvignon, Shiraz, Merlot, Sauvignon Blanc, Pinotage, Chenin Blanc.* Dazu die Frage, ob ein Kellermeister zu finden war, der sein Herz am rechten Fleck hatte.

Im Frühjahr reiste er zur Messe in Düsseldorf. Hallen voller Stimmen, Glas an Glas, Stände aus vielen Ländern. Holz und Kork lagen in der Luft. Ein junger Mann aus dem Süden schenkte ihm einen Shiraz ein, pfeffrig und dunkel. „Are you looking to buy?“, fragte er. Jonas nickte.

„Vielleicht. Ich will zurück.“ Es kam ihm wieder in den Sinn, als er wieder im Zug saß.

Kurz darauf stieg er in Kapstadt aus dem Flieger. Luft, die nach Salz und heißem Teer roch, empfing ihn. In den nächsten Tagen fuhr er von Gut zu Gut. Makler lächelten, zeigten Pools, Ställe, Gästehäuser. Es gab Orte, die glänzten, und andere, denen der Glanz abhandenkam. Die Preise hatten angezogen, vieles hatte sich verändert, gerade bei den Grundstücken. Jonas suchte weiter. Die Wege wurden schmaler, die Reifen schluckten Staub und am Ende eines Vormittags stand er auf einer kleinen Höhe.

Vor ihm stand ein schlichtes Haus mit grünen Läden. Daneben Schuppen, ein Lager, ein Gebäude mit Tanks. Kein Pomp, doch gepflegt. Dahinter Reben in Reihen, die den Hang zeichneten. Der Keller wirkte ordentlich, Geräte standen bereit, die man fürs Feld brauchte. Ein Mann begrüßte ihn und stellte sich als Kellermeister vor. Jonas trat auf die Veranda. Er legte die Hand an das Geländer und in ihm rastete etwas ein. Hier konnte es gelingen. Hier ließ sich sein Traum durch Arbeit verwirklichen.

Der Makler redete von Hektar und Tropfbewässerung, vom Ausbau der letzten Jahrgänge. Jonas hörte nur halb zu. In seinem Kopf lag Abendlicht über Bergen, auf dem Tisch stand ein Glas, aus dem der Duft einer

Lage emporstieg, die er schon aufgrund ihres Namens mochte. „This one“, sagte er leise. „This is it.“

Was dann kam, war Papier. Zahlen, Wechselkurse, Aufgabenlisten. Gespräche mit Banken, mit Menschen, die Recht verstanden, mit Leuten, die wussten, was es mit alten Wasserrechten auf sich hatte. Die Aktenberge wuchsen und manchmal schob er sie beiseite, stand auf und ging hinaus, weil alles zu laut wurde. Nach einer Pause, in der er sich auf seine Vision besann, kam er zurück und schrieb weiter, weil nur das half.

An einem Abend, an dem ihm der Tag in den Knochen saß, ging er durch Straßen, die nicht für Spaziergänge gedacht waren. Die großen Wege mied er. Schließlich bog er ab in eine Gasse, in der Läden dicht an dicht standen. Metall roch nach heißer Luft. Aus einer Ecke klapperten Töpfe. Ein Schild hing schief über einer Tür, auf dem in blassen Buchstaben *Antiques and Curiosities* zu lesen war. Jonas trat ein. Es war kühl und dämmerig. Vitrinen mit Münzen, Messern, Kompassen, Fotos, die fast farblos geworden waren. Ein älterer Mann mit Nickelbrille hob den Kopf. „Can I help you?“ Jonas verneinte und sagte, er schaue nur.

An einer Wand hingen Jagdtrophäen, auf einem Brett lag ein altes Fernglas. Eine Schublade stand halb offen. Darin lag Metall, schwarz, matt, schwer. Jonas zog sie weiter auf und hob das Stück an. Das Gewicht überraschte ihn. Kalt in der Handfläche, ernst in der Anmutung. Der Mann trat näher. „Old, reliable“, sagte er. Es habe einmal einem Farmer gehört. Jonas wusste wenig über Waffen. Er kannte jedoch die Nachrichtenlage. Gewalt war ein großes Thema. Überfälle auf Höfe versetzten Menschen in Angst. Es kursierten viele Geschichten über Kreuze an Hängen. Er dachte an Sicherheit und an die Frage, was Kontrolle im Leben bedeuten konnte. Er fragte nach dem Preis, hörte eine Zahl, die keine Hürde darstellte, und kaufte. Der Händler wickelte das Stück in braunes Papier, als sei es ein Buch. Draußen ging Jonas Richtung Long Street, in der Ferne hörte er Musik. In ihm öffnete sich eine kleine Tür. Dunkel, schmal, nicht für heute, doch nicht mehr zu übersehen.

In den nächsten Wochen stand er oft früh an einer Veranda, die es für ihn bereits gab, obwohl sie noch keinem Haus gehörte. Er sah Nebel, der aus Senken stieg, hörte Vögel, die ihr Konzert früh begannen, und stellte sich vor, wie die ersten Reihen beschattet wurden, damit die Trauben nicht litten. In Gedanken plante er Wege zwischen Zeilen, Plätze für Pfähle, Stühle für Pausen nach der Arbeit. Er schrieb Elena eine Nachricht, in der er nichts von Verträgen erwähnte. Stattdessen schrieb er von Wind, der über Reben strich, von sanftem Abendlicht, von Wasser, das in Fässern gluckerte. Er fragte nicht, ob sie mitkam. Er schrieb nur, dass da ein Ort in ihm lebte, der sie kannte.

Am Ende jenes Monats ließ sich wieder Regen vor seinem Fenster in Deutschland vernehmen. Die Tropfen liefen an der Scheibe entlang. Diesmal hielt Jonas sie nicht für Fluchten. Sie zeichneten Linien, die sich kreuzten und dann weiter ihres Weges gingen. Er stand auf, stellte eine Flasche aus dem Süden auf den Tisch und legte die Hand auf das Etikett. Ein Plan war kein Versprechen. Er reichte jedoch, um aufzubrechen. Jonas blies die Kerze aus. Der Raum roch nach Wachs. In der Dunkelheit blieb ein leiser Satz in ihm zurück. *Jetzt ist es so weit.*

Rückweg ohne Halt

Jonas brauchte Monate, um die Geschichte mit Elena ein wenig hinter sich zu lassen. Ganz gelang es ihm nicht. Am Morgen sprach ein ausgeruhter Kopf zu ihm und erklärte, dass es nie gepasst hätte. Am Abend stand das verletzte Ego auf und verlangte nach ihren Worten, ihren Gesten. Tränen kamen, ohne Vorwarnung. Sein Inneres blieb in Bewegung und drehte Szenen immer wieder zurück. Es glich einer Achterbahnfahrt.

„Darf ich über dich herfallen?“, hatte sie geschrieben. Später flüsterte sie, sie wolle den Po an ihn drücken, er solle sie halten, und beide schliefen so ein. Am nächsten Tag bedankte sie sich für die Berührungen und schrieb, ihr Unterhöschen sei feucht gewesen. Bei ihrem ersten Besuch kam sie nah an ihn heran, griff an seine Hose, öffnete den Knopf. Jonas stand wie angewurzelt und ließ es geschehen.

In ihm gärte es. Küsse, Nachrichten, Nächte. Alles mischte sich zu einer Unruhe, die keinen Platz mehr ließ.

Er redete von Schicksal. Auf der Heimfahrt am zweiten Tag zog über der Autobahn ein rotes Band über den Himmel, nur dort, nicht über den Feldern links und rechts. Die Farbe teilte sich in zwei Bahnen, die sich am Horizont wiederfanden. Jonas fuhr eine Stunde lang unter dieser Linie, als sei sie nur für ihn gemalt. Er glaubte nicht, was er sah, und spürte doch, wie es in ihm verankert wurde.

Die Wochen vergingen. Gedanken hielten ihn fest. Er dachte an den Ausweg, der kein Weg sein durfte. Abend für Abend tobte der Kopf und Schlaf kam nur, wenn Erschöpfung alles ausknipste. Er schrieb Elena, fand kein Echo. Sie war Mutter, verheiratet, sprach mit Wärme von ihrer Arbeit, die gutes Geld einbrachte, und nahm lange Tage dafür in Kauf. Es gab ein Haus, Wurzeln, Gewohnheiten.

Wie sollte er sie erreichen? Diese Frage wachte mit ihm auf und legte sich erst spät. Jonas glaubte, einen Hebel zu brauchen. Er hatte nur die Nummer. Den Arbeitgeber hatte sie genannt, den Bereich auch. Er begann zu suchen. In ihm formte sich ein Plan. Rückholung.

Auf einem ihrer Fotos sah man ihr Büro. Ein Detail am Fenster, ein Boden, ein bestimmter Griff. Daraus ließ sich schließen, in welchem Gebäudetyp sie jeden Tag saß. Davon gab es im Konzern nicht viele. Jonas buchte ein Zimmer in der Nähe des Areals und nahm sich Tage Zeit. Mehrmals am Tag fuhr er an dem Gelände vorbei, ging über Parkflächen und sah Reihen von Autos an. Vielleicht fand er ihre Spur über das Kennzeichen. Nach einigen Versuchen gab er auf, meldete sich im Hotel ab und fuhr zur Tankstelle. Benzin, Wasser, ein Beutel Nüsse für ihn und eine Flasche Wasser für den Hund. Dann nahm er die Straße nach Hause. Kurz vor einer Abfahrt kam der Einfall, einen Parkplatz zu prüfen, den er bisher ausgelassen hatte. Noch war es nicht zu spät. Er lenkte zu hastig hinüber und fuhr die Strecke zurück. Dort stand ein Wagen mit dem Kennzeichen, das er sich gemerkt hatte. Elenas Auto. Jonas spürte, wie ihm heiß wurde. Er weinte, wischte sich über die Augen und stellte sich an einen Punkt, von dem aus er alles gut überblicken konnte, ohne aufzufallen. Stunden vergingen. Dann trat Elena aus dem Gebäude, stieg ein, fuhr auf die nahe Autobahn und nahm den Weg nach Norden. Jonas folgte mit Abstand, so, dass sie ihn nicht sehen konnte.

Das Haus im Norden war ruhig gelegen, Hecke, Zaun, ein kleiner Garten. Als Jonas klingelte, bellte ein Hund. Er sprach mit dem Tier, beruhigte es, legte die Hand an das Gitter. Elena erschien, neben ihr ein Mann, den Jonas nicht kannte. Wenn das der Ehemann war, wollte Jonas ihm die Wahrheit sagen. Elena fuhr zusammen, ging in den Garten und rief den Mann hinter sich her. Er folgte, ohne ein Wort.

Für diesen Moment hatte Jonas einen Brief in der Tasche. Mehrere Seiten. Er erklärte darin, dass es eine Affäre gab, dass beide sich getroffen hatten, dass er nun offenlegen wolle, was war. Den Umschlag legte er in den

Kasten und ging.

Am nächsten Tag lag in seinem Postfach eine E-Mail. Der Mann schrieb höflich, jedoch unmissverständlich. Er habe den Brief gelesen. Jonas habe jeden Kontakt zu unterlassen. Wenn er in die Nähe des Hauses komme, werde er den Rechtsweg gehen und die Polizei informieren.

Elena hatte Jonas zuvor versichert, sie werde ihn nicht blockieren. Nun war es anders. Nachrichten blieben ohne Häkchen.

Warum hielt er an ihr fest? Eine Bekannte, der er sich anvertraut hatte, nannte ihn einen Idioten. Die Frau sei es nicht wert. Keine Reaktion von ihr, also Schluss. Für Jonas war nichts abgeschlossen.

Er kam auf den Satz zurück, den Elena in einem Streit gesagt hatte. Er solle froh sein, dass sie mit ihm geschlafen hatte. In seinen Ohren wirkte das roh. Der Gedanke machte ihn erst wütend und warf ihn dann in ein Loch. Er erinnerte sich an ihre Küsse, an den ersten Tag, an dem sie ihm auf dem Parkplatz fast hinterhergelaufen war und beide vor Adrenalin gezittert hatten. An ihre liebevollen Nachrichten. An den Moment, in dem sie dem Ende zugestimmt hatte und beide die Nummern löschen wollten. Er hatte darauf bestanden, weil er sich selbst nicht traute. Für sie fühlte es sich fremd an, doch sie tat es, nachdem sie sich Tage lang angeschrien hatten.

„Nicht wert", sagte die Bekannte. Was bedeutete das? Elena hatte einmal zugegeben, dass es ihr schlecht gehe, dass sie oft weine. Auf den letzten Fotos wirkte sie müde und blass. Sie sprach von Sehnsucht. Jonas dachte an ihren Vater, von dem sie sagte, dass er ihr Schatten hinterlassen habe. Er dachte an die Episode mit dem Bauarbeiter. An ihr Verhalten im Bett. Offenbar brauchte sie fremde Männer. Vielleicht waren die Shootings Tore in ein Feld, das sie suchte. Welcher Mann mit Kamera blieb unberührt, wenn eine Frau wie sie den Raum betrat? Der Gedanke reizte Jonas und stieß ihn zugleich ab. Er fühlte sich gebraucht und benutzt in einem Atemzug.

Um den Schmerz zu bekämpfen, drehte er die Erzählung. Er schrieb, er habe sie nur genutzt. Der Satz traf sie. Tage später lag ein Umschlag in seinem Kasten, ohne Absender. Innen eine Karte mit kurzen Zeilen und Geld für zwei Tickets, die sie beide für einen Musicalabend gekauft hatten. Jonas schämte sich und war gerührt von dieser Geste.

Er malte sich eine Möglichkeit aus, die fern lag und doch lockte. Wenn Elena die Ehe löse, wenn es ihr wirklich schlecht gehe, wenn Zeit vergehe und die Welle sich senke, könnte sie sein Angebot annehmen. Das Haus war groß. Zimmer standen leer. Einen Raum hatte sie bei einem Besuch lachend zu ihrem Ankleidezimmer erklärt. Er bot an, dass sie mit Tochter und Hund bei ihm wohnen könne. Ein Job ließe sich finden, sagte er sich. Die Tochter würde die Schule wechseln, nicht ideal, doch möglich. Die Hunde passten gut zusammen. Ein Abend in seiner Küche zeigte, dass beide Freude am Kochen hatten. In vielem lagen sie weit auseinander.

Hätte jemand nach der Schnittmenge gefragt, hätte Jonas geantwortet: Fitnessstudio, je ein Hund, Kochen, Fotos, Lust im Bett. Volleyball. Beim Länderspiel musste er an sie denken und weinte.

Ihre Leidenschaft für einen berühmten Schlagersänger verstand er nicht. Er erinnerte sich an einen Sommer in Dresden, als dieser Barde auf der Brücke gespielt hatte. Lichter spiegelten sich in der Elbe, die Menge sang. Die Stimmung war atemberaubend. Jonas blieb skeptisch. So viele Texte wirken hohl, doch dann fiel ihm ein, wie oft auch Pop und Rock mit wenigen Zeilen auskamen und gerade deshalb haftenblieben.

Einmal fotografierte er die Auslage eines teuren Modegeschäfts. Er mochte die Stoffe und schickte das Bild an Elena. Ob sie so etwas tragen würde. Sie schrieb, dass Buntes ihr nicht liege. Jonas mochte Farbe. Poloshirts, Socken, Sneaker in kräftigen Tönen. Die Schuhe mit den drei Streifen hatte er Jahre getragen, bevor sie alle trugen.

Er hatte studiert, war ein Jahr im Ausland gewesen, hatte bei bekannten Firmen gearbeitet, lange gut verdient. Sie hatte einen mittleren Abschluss, arbeitete in einem einfachen Umfeld und blieb dem Ort treu, aus dem sie kam. „Ich komme vom Dorf“, sagte sie und war dabei stolz.

Worauf kam es in einer Beziehung an? Jonas zählte durch, um zu prüfen, ob eine Zukunft denkbar war. Was brauchte er? Eine strenge vegane Küche kam nicht in Frage. Er kochte ohne Rezepte, am liebsten nach Duft und Gefühl. Ständig umzustellen, nahm ihm die Lust am Herd. Mit Elena wäre Essen kein Problem. Sie mied Süßes und trank selten Alkohol, trotzdem staunte er über ihren Appetit. Ein großes Steak, Gemüse, eine ordentliche Portion für den Bauch. Die schmale Frau aß mit Freude.

Ihn hätte es stolz gemacht, mit ihr an der Seite durch die Stadt zu gehen. Eine Frau wie sie hatte es in seinem Leben nicht gegeben. Und im Schlafzimmer fand er, was er lange gesucht hatte. Nähe, die den Körper aufweckte und zugleich einen Rest Sanftheit bewahrte.

Bevor der Funk abriss, analysierte Elena den Verlauf der Affäre. Er werde weiter junge Frauen fotografieren, sie werde mit Fotografen arbeiten, die Männer waren. Jonas spürte einen Stich. Der Atem wurde flach. Er weinte. Lange und ohne Scham.

Er versuchte, den Blick von innen nach außen zu drehen. Warum fiel ihm Loslassen so schwer? Jahrzehnte hatte er in einer Beziehung gelebt, in der Exklusivität selbstverständlich gewesen war. Nun traf er auf ein Model, das andere Regeln kannte. Eifersucht kroch in ihn, Unsicherheit, Angst vor Verlust, der Drang, Kontrolle zu gewinnen. Er merkte, wie sehr diese neue Lage sein Bild von Bindung erschütterte. In manchen Nächten dachte er, wie einfach es wäre, nichts mehr zu fühlen. Er stand auf, ging in den Garten, atmete. Der Hund strich um seine Beine, legte sich vor seine Füße. Das Fell roch nach Sommer.

Am nächsten Tag sortierte er. Er schrieb einen Plan in ein Heft, das sonst nur Einkaufslisten und Gartennotizen kannte. Kein großer Entwurf. Kleine Schritte. Aufstehen. Eine lange Runde mit dem Tier. Eine Stunde im Studio, Licht setzen, ohne zu fotografieren. Zwei Anrufe, die liegen geblieben waren. Danach kochen. Gemüse schneiden, ein Stück Fleisch braten, Kartoffeln stampfen. Am Abend kein Alkohol. Wasser, Tee. Lesen, nicht von ihr. Eine Seite über Weinbau, eine Seite über Licht in Innenräumen, eine Seite Roman, der nichts mit ihm zu tun hatte.

Er hielt sich an diese Liste, so gut es ging. Manchmal brach alles ein, dann setzte er am nächsten Morgen erneut an. Er räumte das Schlafzimmer auf. Er sortierte in der Küche Geschirr, das niemand brauchte. Er brachte

Kleidung in eine Spende. Er schrieb an zwei Freunde, die er zu lange nicht gesehen hatte. Er bat um eine Verabredung am Fluss und sagte dazu, dass es gerade schwere Tage waren.

Als er später vom Ufer zurückkam, roch das Haus nach Holz. Er ließ die Hand über die Arbeitsplatte gleiten und sah die Lampe über dem Tisch. Der Hund hob den Kopf. „Es wird wieder", sagte Jonas leise. Danach ging er in den Garten, schaute den Himmel an und fand darin keine Spur. Gerade deshalb beruhigte ihn das Bild.

Innehalten am Spiegel

Als Jonas das Handy vom Ladekabel nahm, machte ein Blinken ihn auf neue Nachrichten aufmerksam. Vor einigen Tagen hatte er wieder eine Social-Media-Anzeige geschaltet.

Model gesucht, Portrait, Outdoor, Sensual.

Die Resonanz war überschaubar ausgefallen, doch es gab Bewegung. Aus manchen Kontakten ergaben sich Treffen, aus anderen wenigstens Einblicke in Profile, die neue Gesichter und Ideen mit sich brachten. „Lernen hört nie auf", sagte er gern, und an diesem Abend stimmte der Satz.

Auf seine Standardantwort folgte ein Ping. Melissa schrieb. Interesse. Ein kurzer Gruß. Jonas klickte auf ihr Profil und stolperte über ein Detail. Sie bot Yoni-Massagen an. Er informierte sich über die Bedeutung und las von einer tantrischen Praxis, die den Körper als Ganzes in den Blick nahm, Respekt und Grenzen hochhielt. Dazu Bilder, ungewöhnlich und mutig, nah am Menschen, frei in der Aussage. Der Mix weckte seine Neugier.

Der Chat begann leicht. Melissa wirkte spontan, neugierig, zugleich höflich. Sensual sei ihre Richtung, schrieb sie. Sinnlich, ästhetisch, mit viel Stoff auf wenig Haut oder umgekehrt, jedoch ohne plumpe Effekte. Jonas schickte Beispiele. Eine junge Frau in Wäsche und

High Heels lehnte an einer Glasfront, die Scheibe spiegelte Körper und Licht. Ein Close-up von Haut, schimmernd, nur Kontur und Reflex, ohne platte Enthüllung. Ein Bild mit Negligé, durchscheinend, die Haltung selbstbewusst. Melissa antwortete prompt. Genau so stelle sie es sich vor.

Sie sprachen über Kleidung. Jonas schickte zwei Links. Ein Paar knallrote High Heels, schmal und glänzend. Dazu ein Kleid, fast unsichtbar, aus schmalen Stoffbahnen, die nur andeuteten. Melissa schrieb, dass ihr Puls stieg. Die Idee, auf schwarzer Bettwäsche zu arbeiten, gefiel ihr. Jonas sagte zu, die Stücke zum Termin bereitzulegen.

Gegen Mitternacht lief der Austausch noch. Er skizzierte Posen, die mit Lichtkanten spielten, Spiegelung, Silhouette, Linien über Schulter und Hüfte. Er spürte, dass Melissa weiter gehen wollte. Sie fragte nach Requisiten, nach einer frecheren Bildsprache. Er blieb freundlich und professionell. Kein Sex beim Shooting. Berührung nur, wenn es die Pose verlangte, und auf Ansage. Kein Druck. Ein Stoppwort. Eine Begleitperson nach Wunsch. Transparenz bei Auswahl und Veröffentlichung.

Melissa schickte Moodbilder. Aufnahmen mit dominanten und devoten Haltungen, Lingerie, Blick nach oben, eine Gerte im Bild, die Idee von Machtspiel, nie roh, eher als Chiffre. Jonas merkte, wie ihn das reizte, obwohl er sich damit noch nicht befasst hatte. Sie fragte, ob er eher ein dominanter Typ sei. Er dachte nach und schrieb, dass er Anweisungen geben konnte und zugleich zuhörte. Nicht brüllen, leiten, war sein Credo. Auf Augenhöhe.

Der Faden wurde weitergesponnen. Ein Vorschlag von ihr: ein Bild im Sitz, die Beine weit, die Hand an der Mitte. Jonas legte die Hand auf die Tastatur und atmete. Er schrieb, dass er intime Details nicht abbildete. Er arbeite mit Andeutung, mit Schatten, mit Stoff, mit Linien. Der Reiz entstehe im Kopf. Melissa las, setzte ein Emoji, das Zustimmung zum Ausdruck brachte, und formulierte neu. Dann kam eine Idee, die sehr weit ging. Sie wolle den Moment der Ekstase im Bild, im echten Leben. Jonas stoppte den Chat für eine Minute, ließ Wasser in ein Glas laufen und kehrte zurück. Er schrieb höflich und eindeutig: nicht mit ihm, nicht in seinem Studio, nicht Teil seines Berufs. Sie antwortete nach kurzem Zögern, dass sie Grenzen respektierte. Der Dialog fiel in einen ruhigeren Schritt zurück.

Am nächsten Vormittag legte Jonas einen Ablaufplan an. Ein Moodboard mit drei Blöcken. Erst Portraits, Blick in die Kamera, Haar locker, Hände im Bild. Danach Silhouetten am Fenster, Gegenlicht, Kontur. Zum Schluss die Bettwäsche, Schwarz als Bühne, der Körper in Linien, die nichts Privates preisgaben. Dazu ein Setzettel:

Wasser, Handtücher, Bademantel, Tape, Nähset, Puder, Ersatzstrümpfe, Dampfgerät für Falten, Musikbox. Er schrieb den Modelvertrag aus, las ihn durch, strich alte Floskeln und ergänzte Passagen zu Auswahl, Datensicherung und Veröffentlichungsrechten. Eine Zeile für ein Stoppwort stand nun auch darin.

Das Studio bereitete er nachmittags vor. Fenster verdunkeln, nur ein Schlitz für Kantenlicht. Zwei Softboxen, ein Striplite. Ein dritter Kopf für ein wenig Glanz am Haar. Auf dem Tisch lag ein Spiegel, nicht zu groß, damit er im Bild als Fläche dienen konnte. Jonas schob den Stuhl ans Bett, probierte Blickwinkel, testete die Höhe. Der Hund lag unter dem Tisch und beobachtete die Choreografie. Musik hörte er noch nicht. Erst am Tag selbst würde es dazu kommen.

Er schrieb Melissa eine E-Mail. Uhrzeit, Adresse, Parken hinter dem Haus, Klemmbrett am Eingang. Kein Parfum in Wolke, lieber dezent. Kein Selbstbräuner, damit das Licht nicht kippte. Eine Liste mit Outfits. Schwarz, Creme, vielleicht ein Farbtupfer. Schuhe, in denen sie sich wohlfühlte, schlichter Schmuck. Ein Bademantel für Wege zwischen den Sets.

Melissa antwortete mit einer Sprachnachricht. Ihre Stimme war tiefer, als er sie sich vorgestellt hatte. Sie klang wach. Sie freue sich, brächte Musik mit und eine Freundin als Begleitung. Sie sei gespannt auf das Kleid mit den Stoffbahnen und auf die Idee mit der Spiegelung. Ein Satz blieb hängen. Sie brauche Bilder, die sie als Frau zeigten. Nicht als Pose, eher als Mensch in einem Moment. Jonas nickte, obwohl niemand zu sehen war. Genau das wollte er.

Am Tag davor fuhr er zum See, an dem er oft nachdachte. Eine alte Bank stand dort, das Holz war grau geworden. Er setzte sich, trank einen Schluck, sah dem Wasser zu. Wolken zogen vorbei, die Luft roch nach Regen. Er dachte an Elena und daran, wie oft er in Gesprächen abgelenkt gewesen war. Diesmal wollte er mit offenen Augen arbeiten. Kein Hintergedanke. Konzentration auf Arbeit, Haltung und Bild. Ein Satz aus der Nachricht von Melissa kehrte zurück. Mensch im Moment. Er sprach ihn leise nach.

Der Morgen des Shootings begann früh. Kaffee, Brötchen, dann Studio. Die Folie an den Fenstern hielt, die Softboxen standen, das Bettzeug war frisch bezogen. Jonas legte die roten High Heels auf den Stuhl, daneben das Kleid und zwei Alternativen für den Fall, dass der Stoff nicht fiel. Auf dem Boden stand ein kleiner Koffer mit Nothelfern. Pflaster. Nähzeug. Sicherheitsnadeln. Ein zweiter Akku, drei Karten. Er überprüfte die Kamera und legte den Auslöser bereit.

Punkt zehn klingelte es. Melissa trat ein. Jeans, eine helle Bluse, ungeschminkt, die Haare in einem Knoten.

Hinter ihr die Freundin, dunkel gekleidet, mit einer kleinen Tasche. Hände, die sich zur Begrüßung fanden. Kurzer Blick in den Vertrag, Fragen zur Auswahl, ein Nicken. Melissa trug sich mit Schwung ein, die Freundin setzte sich auf einen Stuhl neben die Tür und lächelte.

Die ersten Bilder entstanden schnell. Portrait im Sitzen, Kopf leicht gedreht, ein Atemzug über die Lippen. Dann Stand am Fenster, Kontur gegen Licht, Schulterlinie, Hals. Jonas zeigte die Rückschau, Melissa beugte sich vor, suchte Ausdruck, nicht Makel. „Das bin ich", sagte sie leise. Die Freundin nickte.

Als das Kleid kam, wurde es still im Raum. Jonas drehte es minimal, zeigte mit der Hand den Weg, den die Linie nehmen sollte, zog sich dann zurück und schaute durch den Sucher. Ein Bein aus dem Schatten, eine Hand, die Stoff führte, ohne zu entblößen, was privat bleiben sollte. Ein Blick, der nicht aufreizte, eher behauptete. Melissa atmete tiefer, ließ sich Zeit, und der Raum folgte diesem Tempo.

Eine Stunde später lag ein Dutzend Bilder als Favorit im Ordner. Jonas merkte, wie sich die Spannung in ihm löste. Er zeigte eine Serie mit Spiegelung, in der Gesicht und Rücken zugleich zu sehen waren. Melissa lachte, weil sich ein Faden im Haar verirrt hatte. Die Freundin zupfte ihn heraus.

In der Pause saßen sie am Tisch. Wasser, Trauben, ein Teller mit Nüssen, zwei Stück Schokolade. Sie redeten über Arbeit, über Musik, über den Mut, der nötig war, um sich zu zeigen. Melissa erzählte von den Massagen, die Menschen zu Atem und Ruhe brachten, von Gesprächen davor und danach. Jonas hörte zu. Er fragte nach der Linie, die sie für sich zog, und sie sagte, dass sie sie kannte und stets wahrte. Er erzählte, dass sein Studio kein Ort für Akte im Wortsinn sei. Die beiden nickten. Der Satz stand im Raum und wirkte wie ein Geländer.

Im letzten Block wechselte Melissa in die roten Schuhe. Der Absatz veränderte den Gang, das Gewicht lag anders. Jonas bat sie, sich auf die Bettkante zu setzen, den Rücken zu dehnen, die Hände an den Oberschenkeln zu platzieren. Licht glitt über die Haut, ohne zu verraten. Das Kleid tat den Rest.

Gegen Ende bat Melissa um ein Bild nur mit Händen. Sie legte sie vor den Bauch, die Finger ineinander. Jonas rückte den Spiegel so, dass die Silhouette doppelt stand. Die Freundin hielt kurz die Luft an, dann drückte Jonas ab. Bereits beim Auslösen wusste er, dass das Bild in Erinnerung bleiben würde.

Sie verabschiedeten sich an der Tür. Melissa bedankte sich, die Freundin ebenso. Beide nahmen die roten Schuhe in einer Tüte mit, um sie für ein weiteres Set auszuprobieren, das sie gemeinsam besprechen wollten. Jonas stand noch im Flur, als die Schritte auf der Treppe verklangen. Der Hund kam, streckte sich und legte den Kopf gegen sein Knie.

Später am Rechner sichtete er. Er sortierte nach Moment. Drei Serien wählte er aus, legte sie in einen geschützten Ordner und schrieb Melissa eine E-Mail mit einer Vorschau. Er fragte nach ihrem Eindruck und bat um Zeit für die Auswahl zu dritt, er, sie, die Freundin. Kein Schnellschuss. Ein Termin für die Übergabe der fertigen Bilder folgte zwei Tage später.

Als die Mail raus war, lehnte Jonas sich zurück. In diesem Tag lag Ruhe. Die Grenzen waren benannt worden und das Set hatte dennoch Funken gehabt. Durch Vertrauen. Er ging an die Tür, öffnete sie einen Spalt und ließ frische Luft hinein. Draußen glänzte der Asphalt. Der Himmel hatte Platz zwischen den Wolken gelassen. Jonas stellte sich in den Rahmen und dachte an das eine Bild mit den Händen. Er dachte, dass manche Nähe erst entstand, wenn man ihr einen Rahmen gab.

Zwischen Pfarrhaus und Internat

Jonas war als Einzelkind zur Welt gekommen. Ein Geschwister war vor der Geburt gestorben. Auf die Frage, ob seine Kindheit glücklich gewesen war, gab es eine kurze Antwort: nein. Der Vater war aus der ‚Zone' geflohen, wie viele im Westen den Osten nannten. Der Großvater arbeitete nach dem Krieg im Dienst der Kirche, das half, den ältesten Sohn in den Westen zu holen. Die Mutter hatte Klavier gelernt, berufliche Pflichten kannte sie nicht. Vor dem Krieg lebte ihre Familie sorglos in einem großen Haus, mit Kindermädchen, Köchin, Chauffeur. Es gab Ausritte in die Heide und Fahrten an die Ostsee und nach Italien im Cabrio.

Nach Kriegsende wurde die Mutter zur Vertriebenen. Der Besitz war weg, die Flucht brachte sie an die Elbe in ein Pfarrhaus. Später zog die Familie in ein kleines Städtchen, auf ein günstiges Stück Land, das man Vertriebenen zuwies. Dort entstand ein bescheidenes Haus. Dahinter lag ein schmaler Gartenstreifen, in dem Gemüse wuchs und Hühner scharrten.

Die Eltern widmeten sich dem Alltag, Jonas kam in die Schule. Etwas später als andere, denn eine schwere Hirnhautentzündung hatte ihn an ein Bett in der Isolierstation gefesselt. Wochen ohne Besuch, ohne Berührung. Danach musste er das Laufen neu lernen. Die Erinnerung daran blieb wie eine matte Scheibe zwischen ihm und der Welt.

Die Grundschule war klein. Vier Klassen im Erdgeschoss eines alten Hauses. Mit der ersten Lehrerin verstand er sich gut. Sportlich, zugewandt, herzlich. Die zweite Begegnung war das Gegenteil. Strenge Strumpfhosen, Geruch nach Schrank, ein Blick, der auswählte. Früh hatte sie eine Handvoll Lieblinge. Jonas gehörte nicht dazu. Die Noten sanken. Zu Hause sprach man nur sehr verhalten darüber.

In jenen Jahren brachte ein neues System zwei Zwischenjahre mit sich. Orientierung war das Wort, das man dafür benutzte. Jonas nahm es wörtlich und suchte den Sinn in seinem Leben. Er fand ihn nicht. Er streifte durch Gärten und Hinterhöfe, vergaß Hefte, hing mit Kindern ab, die Eltern nicht im Haus sehen wollten. Zwei Jahre vergingen. Am Ende stand die Entscheidung fürs Internat. Abitur, das sei das Mindestziel, hieß es.

Der Anfang dort war hart. Ein langer Raum mit Linoleum, eine Deckenlampe, zwei Doppelstockbetten, ein Einzelbett. Fünf Spinde aus Holz. Die vier Jungs im Zimmer wirkten fremd. Der Waschraum war groß wie eine Halle. Regeln gaben den Takt vor. Aufstehen, waschen, Frühstück, Unterricht, Mittag, Hausaufgaben unter Aufsicht, Abendessen, ein kurzer Ausgang, danach Ruhe. Um zehn schaltete man den Strom ab. Die Jungen fanden Wege, Grenzen zu testen.

Jonas erfand Späße. Einmal erklärte er einem Neuen, dass jeder zu Beginn eine Mutprobe zu bestehen habe. Der Junge wurde mit Gürteln am Bett fixiert. Ein Späher prüfte, ob der Flur frei war. Dann trugen vier Halbstarke das Bett samt Neuling hinaus. Die Tür fiel leise zu, alle sprangen unter die Decken und stellten sich schlafend. Der Alarm kam. Der Erzieher riss die Tür auf, ein kleiner Mann mit kahlem Kopf und einer großen Nase, der nach Schnaps roch und ein Holzlineal schwenkte. Lärm, Schimpfworte, Strafe. Am Ende war niemand wirklich verletzt, doch die Lektion saß.

Es gab auch derbe Augenblicke. Ein Wochenende, an dem die meisten zu Hause waren, endete im Duschraum in einer wilden Wasserschlacht. Zwei Jungen jagten sich mit Eimern, der Boden stand unter Wasser. Der Erzieher platzte herein, holte aus und zerlegte mit einem Schlag sein Lineal auf einem nackten Hinterteil. Jonas erinnert sich an das Geräusch und daran, wie der Getroffene sprang und schimpfte und dann lachen musste, weil die Szene so grotesk wirkte.

Freundschaften kamen und gingen. Die Anforderungen stiegen, eine Klasse wiederholte Jonas. Sport wurde zum Ausgleich. Leichtathletik lag ihm. In der Mittelstufe sah er Mädchen neu. Er war schüchtern, schwieg, sah hin und weg. Die Försterstochter mit dem blonden Haar tauchte in seinen Gedanken oft auf. Es blieb bei Blicken. Erst in der Oberstufe gab es Nähe, und die hatte Folgen.

Die Beziehung war stürmisch und ungleich. Man traf sich heimlich, suchte Ecken, die leer waren, und verschwand, wenn Schritte kamen. Was sie verband, trug nicht weit.

Nach dem Essen durfte man abends eine Stunde hinaus. Danach gab es am Eingang des Schlaftrakts den Haken ins Heft. Wer zu spät erschien, bekam Ärger. Disziplin lernte Jonas dort, und sie half ihm später.

Mit freier Zeit konnte er schlecht umgehen. Der Ort bot wenig. Also erfand man Gewohnheiten. Das Tretbecken im Kurpark wurde zum Treff. Dosenbier landete im kalten Wasser und war nach kurzer Zeit trinkbar. Das sprach sich herum. Eine kleine Szene entstand, die sich Seite an Seite durch die Jahre trank. Später zog die Gruppe in Kellerkneipen um, in Räume, die nach altem Rauch und Urinstein rochen. Um zehn am Sonntagmorgen zapfte man die erste Halbe, Münzen klickten in der Musikbox. Zigaretten glühten. Nach einer Stunde war die Luft gelb. Niemand störte sich daran.

An einem dieser Tage, an denen alles möglich zu sein schien, entstand eine alberne Idee, die Jonas heute peinlich wäre. Er gründete mit Freunden ein sogenanntes Prüfungskomitee, das Mädchen im Tanzlokal einlud, um ihren Auftritt zu bewerten. Ein Kinderstreich auf Kosten anderer. Aus dieser Szenerie heraus lernte er eine junge Frau kennen, die ihm gefiel. Groß, sportlich, kurz geschnittenes Haar, ein verheißungsvoller Mund. Es begann eine körperliche Beziehung. Später erfuhr Jonas von weiteren Kontakten. Eifersucht fraß sich in ihn.

Er machte das Abitur, sie kaufte ein altes Wohnmobil. Freiheit auf Rädern, hieß das für sie. Die Idee, mit wechselnden Männern unterwegs zu sein, reizte sie. Eines Tages hörte Jonas, dass sie sogar einen gemeinsamen Abend mit einem älteren Prominenten gehabt hatte. Er rutschte ab. In einer Herbstnacht, grau und kalt, wollte er sich das Leben nehmen. Der Versuch misslang. Er rief sie an, brachte stammelnd hervor, was geschehen war. Die Polizei kam und veranlasste eine Aufnahme. Jonas blieb ein paar Tage in einer gesicherten Station. Die Freundin lebte ihr Leben weiter. Später machte sie Karriere in einem großen Konzern. Jonas dachte oft an jene Zeit.

Das Studium an der Technischen Universität zog sich. Er schloss es spät ab. Weniger als die Hälfte der Jahrgangsgruppe blieb bis zum Diplom. Schon im Hauptstudium ahnte er, dass er in diesem Fach kaum glücklich werden würde. Nach einer Trennung schaltete er eine Anzeige in einer süddeutschen Zeitung. Zwei Kolleginnen meldeten sich, sie wollten eine Freundin verkuppeln, die sie nicht loswurden, sagten sie lachend. Das Treffen lief gut. Man unternahm Dinge, ging in Kinos, lief an Flüssen entlang. Monate später zogen sie in eine gemeinsame Wohnung nahe dem Nockherberg. Sie arbeitete in einem Konzern und verdiente gut. Es erschien wie ein guter Anfang.

Sie wurde schwanger. Die beiden suchten eine Wohnung am Stadtrand. Mit dem zweiten Kind suchten sie ein Haus und fanden eines südlich von München. Die Kinder wuchsen behütet auf. Die Mutter kümmerte sich, der Vater verließ das Haus früh und kam abends zurück. Vom Fenster aus sah man die Zugspitze, deren Gipfel im Juni manchmal schneefrei war. Jonas machte am Starnberger See den Schein für Segel- und Motorboote. Die Kinder gingen aufs Gymnasium und bestanden später die Reifeprüfung. Zur Silberhochzeit trennten sich die Eltern. Jonas blieb im Haus, sie zog zurück in die alte Heimat.

Sein Highlight im Alltag wurden die Runden mit dem Hund. Man traf andere Hunde, andere Menschen, redete. Smalltalk tat gut. Besonders gern sprach er mit Claudia. Lange, helle Haare, Sommerhaut, ein Lachen, Sommersprossen auf der Nase. Sie ging mit einer Jagdhündin. Man lief zusammen, tauschte aus, was die Woche gebracht hatte. Claudia drehte ihre Themen wie auf einer Platte. Der Job, der Chef, die Mutter, der Freund. Eines Tages, an dem Jonas dünnhäutig war, trug sie die alte Klage noch einmal vor. Sie erzählte, sie habe dem Freund gesagt, er könne sich von einer Brücke stürzen. Jonas kam nach Hause, dachte über diese Konstellation nach, über den Tonfall, über seine Rolle als

Publikum. Er schrieb ihr im Chat, bei ihr sei eine Schraube locker, sie möge jemanden suchen, der sie festzog. Er fand den Spruch witzig. Sie nicht.

Claudia brach den Kontakt ab und verbot ihm, sich zu melden. Jonas grübelte lange über die Heftigkeit. Einmal sah er sie auf der Runde, blass und abwesend. Auf seine Nachfrage per Nachricht schrieb sie, sie sei krank und brauche Ruhe. Später machte es Klick. Hatte der Freund sich wirklich etwas angetan? Der Gedanke blieb. Gewissheit ergab sich nie.

Im Rückblick sah Jonas eine Kette aus Brüchen und Versuchen. Krankheit in frühen Jahren, strenge Räume, Regeln, Trotz, erste Nähe, Abstürze, Rettung, Studium, Partnerschaft, Kinder, Haus, wieder ein Ende. Dazwischen Bilder, die haften blieben. Eine Bank im Kurpark, kaltes Wasser und Dosen, eine Lampe im Internat, die um zehn erlosch, ein Fahrplan, der D-Züge als Rettung in die Stadt wies, ein weißer Segler auf dem See an einem windigen Tag. Er hielt diese Bilder fest, nicht als Ausrede. Eher als eine Sammlung dessen, was ihn ausmachte. Und er schwor sich, dass er seinen Kindern zuhören würde, wenn sie redeten. Ohne Blick auf die Uhr. Ohne es besser zu wissen. Einfach anwesend sein.

Lichter am Chao Phraya

Als Jonas die Maschine der Thai Airways verließ, schlug ihm eine Wand aus Wärme entgegen. Luft wie nasser Stoff. In seinem Kopf war Elena an seiner Seite, bei jedem Schritt.

Bangkok vibrierte. Tuk-Tuks schnarrten, Mopeds schnürten zwischen Autos hindurch, Straßenstände zischten, Neon hing an Häusern, als hätte jemand den Himmel in Streifen geschnitten. Ein Geruchsmix aus Fisch, Chili, Abgasen und Abwasser legte sich auf die Zunge. Jonas hielt Distanz, staunte, blieb stehen, lief weiter. Diese Stadt war zu viel und zugleich ein Versprechen.

Er checkte in ein neues Boutique-Hotel ein, klein, mit einer Lobby, die nach Blumen und feuchtem Beton roch. Das Zimmer war schlicht und angenehm, ein Balkon über einer belebten Gasse. Jonas ließ den Koffer fallen, setzte sich aufs Bett, schloss die Augen. Elena war da, in Gedanken, nah genug, um ihn aus dem Takt zu bringen. Er flüsterte ein leises „Warum" in den Raum. Keine Antwort.

Am zweiten Tag lernte er Sara kennen. Klein, Anfang fünfzig, geschieden, zwei erwachsene Kinder. Eine Frau, die eine natürliche Präsenz hatte. Ihr Lächeln wirkte müde und warm zugleich, die Augen sagten: Ich habe

Einiges verloren und bin doch geblieben.

„Jonas?" Sie reichte ihm die Hand. „Gut, dass Sie hier sind."

Er nickte. „Diese Stadt ..." Er suchte nach einem Wort und gab die Suche auf. „Ich bin beeindruckt."

Sara brachte ihn in ihre Räume. Büro, Lager, Ausstellungsfläche in einem. Regale bis zur Decke, Haushaltswaren neben kleinen Geräten, Accessoires, Kartons auf Paletten. Dazwischen Tische mit Listen, Rechner, Stifte in Bechern. Auf den ersten Blick wild, bei näherem Hinsehen ein System, das nur jemand beherrschte, der jeden Winkel kannte.

„Ich kaufe in China und verkaufe hier", sagte sie und zog eine Kiste an sich. „Die Zahlungen kommen spät, manchmal gar nicht. Dann halte ich alles am Laufen, bis wieder Geld fließt. Es ist ein Balanceakt, jeden Tag."

Jonas beobachtete ihre Bewegungen. Nichts war eilig, nichts träge. Er dachte an eigene Rückschläge, an Rechnungen, die drückten, an Nächte, die zu lang gewesen waren. Sara gab ihm das Gefühl, dass es weiterging.

„Und Sie?", fragte sie später, die Finger am Klemmbrett, „warum Bangkok?"

„Abstand", entgegnete er leise. „Arbeit. Und der

Versuch, die Gedanken zu sortieren. Ich hänge zwischen Dingen, zwischen Menschen."

Sie nickte, als verstünde sie mehr, als er preisgab.

Die nächsten Tage trugen ihn in einen Rhythmus. Posten annehmen, Kartons öffnen, Ware prüfen, Listen füllen, telefonieren, erinnern, bitten. Jonas half, so gut er konnte. Er lernte Maße und Marken, Stapelplätze, Wege für Fahrer, die nie zur gleichen Zeit erschienen. Er spürte die Anspannung und zugleich die Kontrolle, die Sara über ihr kleines Reich hielt. Er sah den Respekt, den Mitarbeitende ihr entgegenbrachten, auch wenn sie müde wirkten.

Mit der Zeit entstand Nähe. Es war kein Flirt, eher Vertrauen. Zwei Menschen, die mit offenen Augen durch einen schwierigen Tag gingen.

Eines Abends stand Sara auf, streifte Staub von der Bluse und sagte: „Kommen Sie mit." Draußen sprang ein Tuk-Tuk an, sie setzten sich hinein, fuhren durch blinkende Straßen und an dampfenden Garküchen vorbei zu einem Steg am Fluss. Laternen warfen Kreise aufs Wasser, Boote legten an und lösten sich. Wind kam vom Wasser herüber und brachte den Duft von Kräutern mit.

Vor ihnen lag Wat Arun, im Licht wie aus einer anderen Welt. „Hier essen wir", sagte Sara, ein Funken im

Blick. „Heute keine Rechnungen. Nur Licht und Wasser."

Sie stiegen auf ein Floß, das sanft schaukelte. Kerzen flackerten in kleinen Gläsern. Stimmen mischten sich mit dem Motorenklang der Boote und dem Klirren von Geschirr. Eine junge Kellnerin stellte Jonas einen Ein-Liter-Krug Bier hin. Sara bestellte. Teller kamen in rascher Folge: grüne Currys, glasige Nudeln, Meeresfrüchte, Gemüse mit heiligen Blättern, Kräuter, Chili, Limette. Jonas probierte vorsichtig, dann mutiger. Manches brannte, manches schmeckte nach Meer, manches nach Gras nach Regen.

„Bangkok kann auch so sein", sagte Sara leise. „Es gibt nicht nur Chaos."

Er nickte. Der Druck in ihm ließ nach, als hätte jemand einen Gurt gelöst.

Später gingen sie in ihr Apartment. Die Lampe warf warmes Licht auf die Wände. Ein Kuss. Noch einer. Hände fanden Wege, nicht hastig, eher tastend. Körperliche Nähe entstand. Sie verbrachten die Nacht miteinander, ohne die Welt zu erklären.

Es blieb nicht bei diesem einen Abend. Mal kochten sie, mal saßen sie am Fluss, mal schlenderten sie über Märkte, auf denen Mangos dufteten und Fische auf Eis lagen. Die Gespräche wurden länger, die Berührungen vertrauter. In der Zeit mit Sara empfand Jonas eine Wärme, die er lange vermisst hatte. Sie lachten, sie schwiegen, sie hielten sich. In ihm war dennoch ein Schatten, der Elena hieß. Er wurde leiser, wenn Sara ihn ansah, doch der Alltag nahm viel Raum ein. Zahlungen stockten, Posten blieben im Hafen hängen, Anrufer versprachen, zu überweisen, und taten es nicht. Sara blieb sachlich. Sie fuhr einen Mercedes, der Eindruck machen sollte. Jonas sah, wie die Last auf ihre Schultern kroch. In Gegenwart der Söhne blieb alles diskret. Diese Beziehung war nicht für die Familie bestimmt.

An einem heißen Nachmittag saß Jonas auf der kleinen Terrasse. Der Ventilator surrte. Auf der Straße zog ein Band aus Mopeds vorbei. Er dachte an Zuhause. An Gespräche über Abgaswerte, an Verbote in Innenstädten, an Nachbarn, die über alte Diesel stritten. Hier schien niemand darüber nachzudenken, dass der Himmel milchig wurde und Ruß auf der Zunge lag.

Sara kam mit zwei Gläsern Eistee. „Schon wieder so ein Blick“, sagte sie und stellte das Glas hin.

„Ich vergleiche“, antwortete Jonas. „Bei uns wird alles vermessen. Hier wirkt vieles egal.“

Sie zuckte die Schultern. „Hier stehen andere Dinge an erster Stelle. Essen auf dem Tisch. Rechnungen, die bezahlt werden müssen. Familie.“

Später liefen sie durch enge Gassen, in denen Händler Kisten stapelten. „Stört dich das nicht?", fragte Jonas.

„Es ist, wie es ist", sagte sie. „Wir leben damit."

Das traf ihn und ließ ihn zugleich hilflos zurück. Vielleicht lag es an seinem Blick als Fotograf. Bilder erzählten ihm Geschichten. Hier sah er Sorglosigkeit und Müdigkeit zugleich.

Ein paar Tage danach saß er in einem kleinen Gästehaus am Rand der Stadt. Der Eigentümer, ein drahtiger Mann mit wettergegerbtem Gesicht, setzte sich dazu. „Europa", sagte er und grinste. „Große Augen hier, ja."

Jonas nickte. „Vieles irritiert mich."

Der Mann hob die Flasche. „Warten Sie, bis die Bauern die Felder abbrennen. Drei Wochen, manchmal länger. Rauch überall. Ich fahre dann ans Meer. Sonst wird man verrückt."

„Und niemand greift ein."

„Alle machen mit. Es ist billig. Und billig setzt sich durch." Er lachte ohne Freude. „Regeln sind Papier. Und Papier hat hier wenig Gewicht."

Jonas nahm das mit. In ihm blieb das Bild von

Kindern, die barfuß zwischen Bechern aus Plastik spielten, und von einem Tempel, der im Licht glänzte, während unter der Treppe ein toter Fisch trieb. Zwei Welten, dicht beieinander.

Abends saß er wieder bei Sara. Sie kochten Reis mit Basilikum und Fleisch, dazu knackige Bohnen. Sie aßen auf dem Balkon und schauten hinunter auf eine Straße, die nie still wurde. Sara lehnte den Kopf an seine Schulter. „Du denkst zu viel."

Er lächelte. „Ich sehe zu viel."

„Sieh mich an", sagte sie. „Ich halte den Laden am Laufen. Alles andere steht hintenan. Später vielleicht."

Jonas nickte und legte die Hand auf ihre. Wärme floss zurück.

Die Wochen gingen in einen Kreislauf aus Arbeit, Nähe und Sorge dahin. Jonas telefonierte mit Spediteuren, prüfte Rechnungen, ordnete Listen. Immer wieder stellte sich heraus, dass überfällige Posten länger in Containern ruhten als geplant. Sara blieb ruhig und entschlossen. Man merkte, dass der Druck sie müde machte.

Eines Abends, als eine größere Sendung verspätet ankam und drei Kunden abtauchten, setzte sich Sara neben ihn aufs Sofa. „Ich weiß nicht, wie lange das geht", sagte sie leise. „Du investierst Zeit und Herz und bekommst keine Sicherheit zurück. Ich will nicht, dass dich das aufreibt."

Jonas legte die Hand auf ihre. „Ich bin hier, weil ich will. Nicht aus Kalkül. Und nicht, um jemanden zu vergessen. Ich will bei dir sein."

Sie suchte seinen Blick. Dann nickte sie und lächelte traurig. „Manchmal reicht Wollen nicht." Sie stand auf, holte ihre Tasche und sagte, dass sie in den Tempel gehe.

Die Tage danach waren gute und schlechte im Wechsel. Sie gaben sich weiterhin Nähe, Streit rückte heran und zog sich zurück. Manche Abende endeten in langen Gesprächen, manche in Stille, manche in einem Bett. Das half, die Welt kurz draußen zu lassen, doch das Konto blieb das, was es war.

Als eine Bank den Ton verschärfte und ein Lieferant die Geduld verlor, saß Sara auf der Terrasse. Sie sah zum Fluss, als wäre er in Reichweite. „Wir müssen entscheiden", sagte sie.

Jonas fühlte, wie etwas in ihm absackte. Er wollte widersprechen, blieb jedoch still und nickte. „Ich verstehe."

Die letzten Tage vergingen in großer Stille. Sie

ordneten Papiere, versendeten Mahnungen, schlossen Tabellen. Abends aßen sie am Fluss, hielten sich fester als sonst. Die Nähe kam noch einmal zurück, als hätte sie sich selbst ein Abschiedsgeschenk gemacht.

Am Abflugtag trug sie den Koffer mit ihm bis zur Straße. Sie gingen zu Fuß durch Gassen, die vertraut geworden waren.

„Pass auf dich auf, Jonas“, sagte sie.

„Du auch“, antwortete er. „Danke für alles.“

Sie umarmten sich. Wärme machte sich breit. Dann trennten sich die Wege.

Im Flugzeug sah Jonas die Stadt kleiner werden. Straßen wurden zu Linien, der Fluss verwandelte sich in ein Band, das glitzerte. Er verspürte Dank und Wehmut. Bangkok blieb zurück als eine Sammlung aus Licht, Lärm und Händen zurück, die ihn gehalten hatten. Und als der Gedanke, dass Kapitel enden, damit neue beginnen können.

In Deutschland wartete Stille auf ihn. Ein Hund, der an der Tür schnaufte. Ein Studio, in dem Staub auf Geräten lag. Jonas stellte den Koffer ab, atmete, ging hinaus auf die Terrasse. Die Luft war kühl und roch nach Regen. Er legte die Hand aufs Geländer und dachte an den

Fluss. Dann holte er Papier, setzte sich an den Tisch und schrieb: *Heute beginne ich erneut. Schritt für Schritt. Mit dem, was da ist.*

Südafrika

Donnerstagnachmittag, Kaffee-Bar, kurz nach vier. Der Raum vibrierte. Stimmen, Tellerklang, Espressomaschine. Vor den Fenstern lag eine Stadt in Grautönen, als hätte jemand alles in Spülwasser getunkt. Der Himmel hing tief, Regen war in der Luft, ohne zu fallen. Jonas saß an einem kleinen runden Tisch, der Lack war an der Kante abgeplatzt. Er legte die Hände flach darauf, um nicht zu trommeln. Ein Mann mit Hund drängte sich vorbei, der Hund schnupperte an Jonas Schuhen und zog weiter. Perfekter Ort, perfekter Zeitpunkt. Donnerstag. Nach dem Sport kam sie hierher. Das hatte Jonas herausgefunden.

Die Tür ging auf. Ein kalter Schwall zog herein, und mit ihm Elena. Sporttasche über der Schulter, die Haare feucht, hochgesteckt, die Lippen nur leicht getönt. Der Blick suchte einen Platz, fand ihn, blieb an Jonas hängen. Seine Kehle zog sich zusammen. Er hob die Hand, zögernd, wie einer, der nicht wusste, ob er grüßen durfte.

Ihr Körper zuckte. „Was willst du denn hier?!" Es fühlte sich an wie ein Stoß. „Ich hatte dir jeden Kontakt untersagt. Du hast mir nichts zu bieten."

Jonas nickte, deutete auf den Stuhl. „Bitte. Setz dich." Er zwang ein Lächeln in sein Gesicht. „Nichts? Das stimmt so nicht. Mit drei Fingern habe ich dir eine

Gänsehaut und einen kurzen Schüttelfrost beschert." Der Versuch, Leichtigkeit zu erzeugen, stand schief im Raum.

Elena starrte ihn an, fassungslos und aufgebracht zugleich. „Bist du bescheuert?" Sie blieb stehen, die Tasche rutschte etwas an ihrer Schulter. Dann setzte sie sich dennoch, langsam, als beträte sie eine Brücke, von der sie nicht wusste, ob sie stabil war. Neugier hatte sie immer schon in Bewegung gehalten. Jonas wusste das.

Er beugte sich vor. „Dein Leben steckt fest. Du bist unglücklich, unsere Geschichte hat alles daheim belastet."

Sie zog die Augenbrauen hoch, der Löffel drehte Kreise im Milchschaum, ohne dass sie es merkte.

„Du wirkst wie jemand, den ein Ort klein macht", fuhr Jonas leise fort. „Du bist hinreißend, doch das hier frisst dich auf. Langsam, aber beständig. Komm mit mir." Seine Stimme brach fast, als er den letzten Satz sagte. „Du standest vor mir und sagtest, du möchtest geliebt werden. Von mir. Komm mit mir nach Südafrika. Bitte."

Stille. Ein Lachen, kurz und hart. „Nach Südafrika. Jonas ... das ist absurd."

„Nein." Er legte Bilder in die Luft. Reben in Reihen, die in Hügel übergingen. Das Meer. Abende am Feuer, darüber ein Himmel, der atmen ließ. „Ich habe ein Gut im Blick. Alt, nicht perfekt, mit Seele. Dort kann ich neu beginnen. Nicht nur Bilder sammeln, die in Ordnern liegen. Wein machen. Arbeiten, die Hände nehmen, die Tage erden. Und du …"

„… zählst Trauben", fiel sie ihm ins Wort, diesmal mit einem Lachen, in dem Spott und Sehnsucht kämpften. „Ich bin verheiratet. Habe ein Kind, einen Job, einen Alltag und Pflichten."

„Pflichten sind Parkkrallen", sagte Jonas trocken. „Man bekommt sie weg, wenn man das richtige Werkzeug hat." Er sah, wie ihre Finger Kreise malten. Ein verräterisches Detail.

„Stell es dir vor", bat er. „Licht auf einer Veranda, dein Lachen, Wind, der Weinblätter bewegt. Du würdest den Shop betreuen, den ich aufgebaut habe. Tee und Kaffee, seit Thailand auch Matcha. Du bringst Ordnung rein, Ideen. Du würdest strahlen. Und mich daran erinnern, dass das Leben mehr ist als Schärfentiefe."

Elena schüttelte den Kopf, doch ein Rest Lächeln blieb an der Tasse kleben, als hätte der Rand Lippenstift aufgenommen. „Du bist verrückt. Und ein Arschloch."

Jonas griff in die Tasche, legte zwei Tickets auf den Tisch. Kapstadt. Einfache Strecke.

„Du hast gebucht." Sie flüsterte. „Bist du noch ganz dicht?"

„Nenn es Vertrauen in das, was in dir leise ruft. Nenn es Schicksal, wenn du magst."

Die Luft zwischen ihnen wurde schwerer. Sie hob die Tasse, trank, stellte ab, ließ die Hand auf den Tickets liegen. Kein Zug. Kein Rückzug. Jonas wusste, dass er einen Schritt geschafft hatte. In seinen Augen stand Wasser, das er runterschluckte.

Nun fehlte die andere Seite des Weges. Mann. Tochter.

—

Sonntag, kurz nach neun. Tee dampfte in Elenas Lieblingstasse, die mit dem Strandmotiv. Die Küche roch nach Pfefferminze. Draußen schlug der Hund an. Er rannte am Zaun entlang, als spüre er, dass etwas in der Luft lag. Elena starrte auf den Dampf, als könne er eine Antwort schreiben. Schlaf hatte sie kaum gefunden. Der Satz in Jonas Nachricht vibrierte nach: „Die Tickets sind gebucht. Wir fliegen nach Kapstadt."

Monate schon lebte sie in einer Schale aus Gewohnheiten. Ein Mann, der freundlich war, verlässlich, der Rasen mähte, die Mülltonnen rausstellte und das Auto am Wochenende wusch. Gespräche, die nur Planungen beinhalteten: Hund, Tochter, Einkauf, Termine. Nähe war Vergangenheit. In den Nächten lag sie wach, lauschte seinem Atem, drehte sich nicht, um ihn nicht zu stören, und weinte leise im Bad, damit es keiner hörte.

Dann war Jonas wieder dagewesen. Wie ein Ruf zur Unzeit. Sein Blick, sein Lächeln, seine Art, Sätze aufzunehmen, als wären es Fäden, aus denen man etwas weben konnte. Sie hatte ihn weggeschoben, angefahren, wieder eingeladen. Und dann lagen da diese Tickets. Kapstadt. Sonne. Meer. Ein Gut. Ein Aufbruch.

Sie war bald vierzig. Manchmal fühlte sie sich älter. Als habe sie bereits ein Leben hinter sich. Die Ehe war in Ordnung, geordnet, verlässlich. Ein Haus. Ein Kind. Ein Hund. Ein Mann, der viel gab und wenig nahm, doch der Griff ins Herz fehlte. Zu viel Uhrzeit, zu wenig Gefühl.

Am Nachmittag setzte sie sich auf das Sofa. Der Schlüssel drehte sich. Ihr Mann trat ein, legte die Tasche in die Ecke, sagte „Hallo" und ging an den Kühlschrank. Der Hund sprang an ihm hoch.

„Ich muss dir etwas sagen", begann sie, und die Worte drängten, als hätten sie Angst, sonst nicht mehr herauszukommen. „Ich gehe weg. Mit Jonas. Wir fliegen nach Südafrika."

Alles stand still. Kein Schrei. Kein Teller, der flog. Sein Blick. Ein Stuhl, der langsam gerückt wurde. Er setzte sich. „Und unsere Tochter? Und dein Job? Und … unser Leben?“ Die Stimme war leise und fest.

„Ich weiß“, sagte Elena. „Es ist verrückt. Ich bin so unglücklich. Ich halte es so nicht mehr aus. Ich habe versucht, es zu verstecken. Es geht nicht. Jonas gibt mir vielleicht etwas zurück, das ich verloren habe.“

Die Tür ging auf. Ihre Tochter stand mit einem Heft an der Schwelle. „Was ist?“

Elena winkte sie heran, zog sie zu sich. „Ich bin für eine Zeit weg“, sagte sie und rang die richtigen Worte aus einem Knoten. „Es hat nichts mit dir zu tun. Ich liebe dich. Mehr als alles.“

„Warum?“, fragte das Mädchen. „Warum bleibst du nicht?“

Elena drückte sie. „Weil ich sonst kaputtgehe. Ich bleibe deine Mama. Immer.“

Sie roch das Haar des Kindes, Vanille vom Shampoo, Sommer vom Spielplatz. Dann löste sie sich und stand auf, weil Sitzen sie zerriss.

Später am Abend lief sie mit dem Hund über die

Felder. Der Himmel lag schwer auf dem Dorf, nur im Westen ein schmaler heller Streifen. Sie blieb stehen, hörte die Schritte des Hundes im Gras, die eigenen im Kies. Das Dorf würde sie verlassen. Haus, Routinen, Sicherheit. Für einen Mann. Für eine Verheißung. Für die Möglichkeit, dass sie wieder atmen konnte. Tränen liefen, und darunter lag etwas, das nach einem Höhenflug klang.

Seit der Begegnung in der Kaffee-Bar trug Elena ein Gewicht mit sich, das nicht weichen wollte. Der Gedanke an den Aufbruch zerdrückte sie und hob sie zugleich an. Zwei Stimmen rangen in ihr. Eine sagte: *Bleib.* Eine andere flüsterte: *Jetzt oder nie.*

—

In den Tagen danach nahm das Leben eine Form an, die Elena nicht kannte. Listen entstanden. *Mitnehmen* stand oben, darunter befanden sich die üblichen Dinge und dann Sachen, die man selten in Koffer packte: Mut. Ruhe. Geduld. Unter *Klären*: *Urlaub beantragen. Gespräch mit der Chefin. Pass kontrollieren. Impfungen prüfen. Hund bei seinen Eltern anmelden.*

Ihr Mann mied Streit. Er sprach über Abläufe, bot an, die Tochter zu bringen und zu holen, solange es nötig sei. Er fragte nach der Dauer. Elena sagte „einige Wochen", obwohl sie wusste, dass solche Angaben dehnbar waren.

In einer Pause am Arbeitsplatz starrte sie auf eine Mail, in der von einer Teamumstellung die Rede war. Kollegen um sie herum lachten über ein Video auf einem Handy. Elena klickte auf ‚Antworten', schrieb, dass sie eine Auszeit brauchte, ohne Gründe zu nennen, und bat um ein Gespräch. Am Nachmittag saß sie der Chefin gegenüber, einer Frau mit kurzem Haar und einem Blick, der selten weich wurde. Elena sprach, stockte, sprach weiter, sagte etwas von „Chance" und „Reise", von „Neuaufstellung". Die Chefin nickte, kniff die Lippen zusammen, bot unbezahlte Zeit an, begrenzt.

Abends packte Elena einen Karton mit Dingen, die nicht mitkamen. Fotos, die sie aufbewahren wollte. Ein Schulheft der Tochter mit krummen Buchstaben. Eine Tasse mit einem Sprung. Der Hund legte den Kopf darauf und sah zu.

Jonas schrieb in der Zeit lange Nachrichten. Er schickte Fotos von Reben im Regen, von Kellern mit alten Fässern, von einem Haus, dessen Putz abblätterte und gerade deshalb Wärme ausstrahlte. Dazu knappe Sätze:

Der Kellermeister heißt Pieter. Ein ruhiger Mann."

„Wasserrechte geklärt."

„Die Veranda hat Blick auf einen Kamm, der abends im Licht liegt."

Er rechnete. In einem Heft hatte er Zahlen notiert, die er tagsüber anstarrte und abends strich. Kaufpreis. Steuer. Bank. Laufende Kosten. Er sprach mit einem alten Freund, der in Kapstadt Kontakte hatte. Er hörte zu, wenn der Freund von Risiken sprach, von Papier, das fehlte, von Menschen, die viel versprachen. Dennoch blieb er bei der Idee.

Am letzten Abend im Dorf stand Elena am Fenster. Drinnen lag der Koffer offen auf dem Bett. Die Tochter kam und reichte ihr einen gebastelten Anhänger: Pappe in Herzform, mit Filzstift bemalt. „Damit du uns bei dir hast“, sagte sie. Elena nickte, küsste die Stirn des Mädchens.

Der Hund schlief im Flur. Sie setzte sich neben ihn und legte die Hand auf den warmen Rücken. „Ich komme wieder“, flüsterte sie. Der Hund seufzte, als verstehe er.

Abflug in den Regen

An diesem Sonntagabend regnete es, dünn und ausdauernd. Der Flughafen Frankfurt trug eine glitzernde Glashaut, in der sich Laufbänder, Leuchtpfeile und Gesichter spiegelten. Menschen strömten in die Terminals, andere quollen an anderer Stelle wieder heraus, als atme die Anlage im Takt der Ankünfte und Abflüge. Scanner piepsten, Kofferrollen schnarrten, Luft roch nach nassem Stoff und Kaffee.

Nach der Sicherheitskontrolle steuerte Elena den Duty-free-Shop an. Hinter Glas wartete ihr Lieblingsduft, eine vertraute Mischung aus Vanille, Zitrone und einer herben Note. „Noch eineinhalb Stunden bis 22.05 Uhr", sagte sie, halb zu Jonas, halb zu sich. „Mit etwas Puffer wird es entspannt." Sie probierte den Tester, bezahlte und versenkte den Flakon behutsam in der Handtasche, als lege sie ein kleines Schutzamulett hinein. Auf dem Weg zum Gate erzählte Jonas von einem alten Schreckmoment: Familienreise nach Südafrika, starre Miene am Schalter, „Ihre Tochter kann nicht mit". Überbuchung. Erst nach einem Verweis auf ein Telefonat mit dem Direktor spuckte der Drucker die fehlende Bordkarte aus. „Niemand braucht so etwas", sagte Jonas leise und strich mit dem Daumen über die Kante seiner eigenen Karte.

„Bing Bong." Der Aufruf nach Kapstadt lief über die

Monitore. Sie reihten sich ein, die Gangway atmete warmen Kunststoff und feuchte Jacken. Am Eingang des Airbus A330 blieb Jonas Blick am Typenschild hängen. Sechsundzwanzig Jahre. „Hoffentlich kommen wir gut an", murmelte er mit einem Schmunzeln, das Elena nur halb beruhigte. Eine Flugbegleiterin mit müden Augen warf einen Blick auf die Tickets und deutete nach links. Graue Schalen warteten. Jonas ließ sich in den Sitz sinken, suchte Tasten, zog die Lehne an und die Armauflagen zurecht. „Ein bisschen knapp für meine Schultern", meinte er und zwang sich zu einem aufgeräumten Ton. *Think positive*, jetzt erst recht.

Ein weiterer Flugbegleiter schob den Wagen vorbei und verteilte Menükarten fast im Vorübergehen. Vier Weine, fünf Gänge: Meeresfrüchte, Steak, Salat, Käseauswahl, Dessert. Der vollbesetzte Jet rollte zur Startbahn. Die Blinklichter an den Flügelspitzen rissen in gleichmäßigen Abständen helle Falten in die Dunkelheit. Der Captain meldete sich kurz, sachlich. Schub drückte sie in die Sitze, die Stadt schrumpfte zu Ketten aus Licht, Wolken verschluckten alles.

Der Aufstieg geriet unruhig, Seitenwind packte den Rumpf und schob ihn hin und her. Auf etwa 20.000 Fuß legte sich eine ruhigere Schicht unter den Flug. Die üblichen Servicevorgänge begannen. „Südafrikanischer Chardonnay, bitte", sagte Jonas. Die Flugbegleiterin stellte einen Sauvignon Blanc vor ihn, lächelte gequält und war schon weiter. Jonas hob die Brauen, zuckte mit den Schultern. „Ist auch gut.“ Der Wein schmeckte rund, für seinen Gaumen war die Eichenfassnote zu stark. Elena nippte an ihrer Cola, drehte das Glas einen Spalt, als könne sich darin eine Antwort zeigen. Das Menü ging in Ordnung, gemessen am Ticketpreis verspürte sie aber Enttäuschung. Die Kabinenbeleuchtung wurde gedimmt, Monitore flimmerten leiser, Schritte wurden seltener, Schlafmasken rutschten über Stirnen. Der Jet atmete in langen Zügen.

Der Flug reichte für Elena, um ihre Entscheidung dreimal zu verfluchen und zweimal neu zu verteidigen. Jonas schlief fast durch, vier Gläser Wein und ein Digestif taten ihr Werk. Elena legte die Stirn an die Scheibe. Unter ihr lag der Kontinent wie eine schwarze Decke, dazwischen einzelne Nadeln aus Licht. In ihrem Kopf formten sich Sätze für die beste Freundin: dass sie an die Südspitze Afrikas ging, ausgerechnet mit diesem Mann, den sie längst hinter sich geglaubt hatte. Ein fernes Gewitter flackerte, als würden winzige Kameras blitzen. Sie schloss die Augen und zählte: Gründe dafür, Gründe dagegen, alte Versprechen, neue Wünsche. Irgendwo jenseits der Wolken wartete ein Morgen, der alles auf die Probe stellte.

Amuse-Gueule

Der Landeanflug auf Kapstadt begann. Ein feiner Dunst lag an diesem Morgen über dem Meer, als hätte die Nacht dem Wasser einen Schleier dagelassen. Am Vortag war die See grob gewesen. Der Jet schwebte über dem Indischen Ozean, neigte sich und schwenkte um 90 Grad auf Kurs, um auf Bahn eins einzudrehen. Unter den Tragflächen glitten Strand und Wasser der False Bay vorbei. Zur linken Seite lag Kapstadt in einem Licht, das bis unter die Haut ging. Die Stadt empfing die beiden mit ihrer Schokoladenseite, ohne Scham und ohne Zurückhaltung.

Kapstadt, Montagmorgen acht Uhr. Windstärke fünf. Die Frisur sitzt. Über ihnen spannte der Himmel ein tiefes Blau, die Bergkanten wirkten messerscharf. Vor der Ankunftshalle hing der Geruch nach gegrillten Burgern, süß, rauchig, fett. Alles wirkte, als hätte jemand an einem Sättigungsregler gedreht. Jonas breitete die Arme aus und atmete, als wolle er die ganze Stadt in sich aufnehmen. „Mother City!“, rief er und lachte, als ein Taxifahrer mit lückenhaftem Lächeln den Daumen hob. Elena blickte ihn müde und fragend an. In ihren Augen lag ein Hauch von Unglauben, als hätte die Nacht ihre Ränder nicht ganz losgelassen.

Das Weingut lag gut eine Stunde nordöstlich, zwischen Stellenbosch und Paarl. Die Straße zog sich durch

Hügel, die im Licht golden glühten. Reben standen in endlosen Reihen, so exakt, dass der Blick im Takt der Pfähle mitnickte. Auf den Feldern vibrierte Wärme. Staub löste sich in kleinen Fahnen und fiel gleich wieder in sich zusammen. Zwei Kinder warfen Steine in einen Bewässerungsgraben, ein Hund trabte hinterher, Ziegen standen im Schatten vereinzelter Feigenbäume. Die Stadt lag schon weit zurück, doch die Luft behielt diesen Hauch von Salz, der von der Küste herüberwehte.

Am Tor zum Anwesen schlug Jonas die Hand aufs Autodach, als hätte er einen Preis gewonnen. „Voilà! Unser neues Zuhause", sagte er und grinste breit. Elena stieg aus und ließ den Blick über den Bau wandern. Das Haus trug kapholländische Züge, weiß gekalkt, mit strohgedecktem Dach und schweren Fensterläden. Die Fassade wirkte wie sauber gezogene Linien, die sich gegen den Himmel absetzten. Aus der Ferne schnatterten Gänse. Ein neugieriger Strauß hob den Kopf. Der Wind brachte Geruch von Erde und gärenden Trauben, warm und lebendig. „Nett", sagte sie nach einer Pause und zog die Schultern leicht hoch. „Was, nett?", fragte Jonas und verzog den Mund, als hätte jemand Salz in seinen Kaffee gerührt. Ein Lächeln huschte dennoch über sein Gesicht, kurz und trotzig, als wollte er dem Zweifel keine Bühne lassen.

Wie in guter Küche ein Amuse-Gueule vor der Vorspeise den Appetit weckte, so plante Jonas, seiner geliebten Schönheit Südafrika in kleinen Happen zu reichen. Eine Aussicht hier, ein Geschmack dort, ein Geräusch, das sich festsetzte. Aus Eindrücken sollte ein vollständiges Bild entstehen. Er sprach über Farmstände, Märkte, alte Kapstädter Häuser, über den Duft von Fynbos nach heißem Wind. Elena hörte zu, nickte, fragte nach Namen, notierte nebenbei in ihrem Handy Orte, die für später taugten.

V&A Waterfront, Dienstag, später Nachmittag. Sonne, Wind, Möwen, Hupen, Seile, die an Masten klapperten. Das Hafenbecken roch nach altem Fisch, Metall und Seetang. Der Rundflug im Hubschrauber um das Kap blieb trotz South Easter ruhig. Dieser typische Wind kam aus beständigen Strömungen, die Lage der Stadt und die Berge gaben ihm zusätzlichen Schub. Elena saß neben Jonas, die Hände ineinander verschränkt, die Stirn nah an der Scheibe. Die Sonne stand tief und legte Gold und Orange auf den Tafelberg. Der Atlantik funkelte in smaragdgrünen Wellen, Boote zeichneten helle Furchen. „Da unten, Sea Point. Dort ist mein altes Viertel", sagte Jonas und tippte gegen die Scheibe. „Es ist wunderschön", flüsterte Elena, ihre Stimme zeugte von Ehrfurcht und Aufregung zugleich. Für einen Augenblick schmiegte sie sich an ihn, so als bräuchte sie ein Gegengewicht zu der Weite unter ihnen.

Nach der Landung auf dem kleinen Privatflugfeld nahm die Fahrt zurück aufs Weingut die Wärme des

Abends mit. Alte Steingebäude standen im schrägen Licht, das Holz der Scheunen und die neuen Barrique-Fässer schimmerten, als läge ein dünner Ölfilm darüber. Reben breiteten sich wie grüne Teppiche über die Hänge. Die Luft war schwer von Erde, Most und einem Hauch von nassem Holz. Elena stieg aus, legte den Kopf in den Nacken und atmete tief. „Ich glaube, ich könnte hier leben“, sagte sie leise, als müsste der Satz erst festen Boden finden. Jonas lachte, und Tränen traten ihm in die Augen. „Darauf hoffe ich.“ Er wischte sich über den Lidrand, als hätte nur der Wind daran gerieben.

Mittwoch, 9.30 Uhr. In der Bucht vor Hout Bay sprangen Delfine. Jonas hielt das Lenkrad des Cabrios ruhig, das über die Kurven des Chapman’s Peak in Richtung Stadt rollte. Elena saß daneben, der Wind zerzauste ihr Haar, Salz lag auf den Lippen. Rechts stürzten Felswände ab, links öffnete sich der Ozean, ein endloses Blau, festgenäht am Horizont. „Also das ist er“, sagte Jonas und deutete auf die Silhouette des Tafelbergs, ein schlafender Riese über der Stadt. Elena stützte das Kinn in die Hand und betrachtete die glatte Oberkante. „Er sieht aus, als hätte jemand ihn mit einem Messer abgeschnitten“, murmelte sie. „So gerade, so übermächtig.“ Der Satz hing zwischen ihnen und für einen Moment schwieg auch das Meer.

Die Seilbahn brachte sie hinauf. Die Kabine drehte sich langsam, Stadt und Meer klappten wie ein aufgeschlagenes Buch auf. Signal Hill, Häuserteppiche, Hafenkräne, grüne Züge, Robben Island als flache Linie in der Ferne. Jonas erzählte, wie er als junger Kerl von Camps Bay aus hinaufgestiegen war, Schritt für Schritt, über Felsen und Wurzeln, mit aufgeschürften Knien und Sonnenbrand im Nacken. Elena hob die Brauen und lächelte knapp. Oben blies kühle Luft. Möwen kreischten. Stimmen mischten sich zu einem gedämpften Rauschen. „Stell dir vor, wir sitzen hier oben mit einem Glas Wein von unserem eigenen Gut", sagte Jonas. „Keine Touristen, nur wir zwei." Elena lachte. „Du spinnst, aber es gefällt mir." Sie hielt den Blick, bis die Augen zu tränen begannen.

Zurück auf dem Weingut gönnten sie sich ein Nickerchen, duschten und fanden sich danach auf der Veranda ein. Hitze lag über dem Hof. Elena trug ein enges Top und eine ausgefranste Jeansshorts. Für die kurze Zeit dort hatte ihre Haut bereits einen warmen Ton. Jonas Blick blieb an kleinen Einzelheiten hängen. Als sie sich abwandte, malte das Licht feine Fältchen auf die Rundungen, zarte Schatten, die nichts entlarvten und doch viel erzählten. Die Pumpe des Poolfilters summte leise. Es roch nach Sommer, Basilikum und nassem Stein. Elena nahm eine alte Flasche aus dem Regal, prüfte das Etikett, legte die linke Hand an den Bauch der Flasche und ließ den Hals in der rechten kreisen. Glas an Haut, ein leises Klacken.

„Elena, komm bitte mal kurz her“, sagte Jonas, fast flehend. Sie drehte sich um. In ihren Augen blitzte etwas Wildes, die Lippen wirkten feucht, der Mund stand einen Spalt offen. „Was gibt's?“, fragte sie mit einem Hauch Spott, ging auf ihn zu und ließ sich mit einem sicheren Ruck auf seinen Schoß sinken. Ihr Gesicht rückte sehr nah. Sie legte den Kopf schräg und biss, küsste, gierig, ungeduldig, mit einer Wucht, die nach Wirkung verlangte. Jonas erwiderte es und ließ sich hineinziehen, bis ihm der Atem knapp wurde. „Du machst mich fertig“, hauchte er, hob sie an, stellte sich und nahm ihre Hand. „Komm. Ich will dich ansehen.“ Jonas ging zum Schlafzimmer und zog die schöne Frau hinter sich her. In seinem Schritt lag ein fast tänzelnder Ernst, in seinem Nacken ein Puls, der trommelte.

„Nicht so laut“, flüsterte er. „Das ist mir doch egal“, sagte Elena und lachte, hell und frei, als stünde irgendwo in der Nähe ein Orchester, das nur auf ihren Einsatz wartete.

Am nächsten Morgen um sechs stand Jonas auf, voller Energie. „Donnerstags bin ich morgens bei der Winemaker-Gilde. Die kümmern sich um uns Weingüter, da will ich aufgenommen werden. Und wenn ich zurück bin, geht es auf den Lion's Head.“ Er rührte im Milchschaum des Cappuccinos. Der Duft legte sich über die Küche. „Och nö“, murmelte Elena aus dem Bett, noch halb im Traum, die Stimme weich wie warmes Brot. Sie zog das Laken bis ans Kinn und lächelte in die Kuhle des Kissens, als läge darin schon ein ganzer Tag.

Lion’s Head und Garten Eden

Am frühen Nachmittag standen sie am Fuß des kegelförmigen Berges, dessen schmale Pfade sich steil nach oben zogen. „Der ist nur knapp 670 Meter hoch, ein Klacks“, sagte Jonas und lachte. Der Aufstieg geriet schweißtreibend. Er ging beharrlich voran, blickte immer wieder zurück und streckte Elena die Hand hin. „Du willst mich umbringen“, keuchte sie, als sie sich am Drahtseil den letzten steilen Abschnitt hinaufzog. „Noch nicht“, sagte Jonas und grinste. Oben angekommen, legte sich das Panorama vor sie: auf der einen Seite der Tafelberg, auf der anderen die Bucht von Kapstadt, darunter Camps Bay, klein und zerbrechlich wie aus Lego gebaut.

Elena schwieg. Der Wind spielte in ihrem Haar, ein Paraglider strich so nah vorbei, dass sie die Leinen surren hörten. Sie zuckte zusammen, atmete dann tiefer und legte den Kopf an Jonas Schulter. „Vielleicht … vielleicht ist das gar nicht so verrückt, was du dir hier vorstellst“, sagte sie leise. Jonas schloss die Augen, spürte die Wärme ihrer Nähe, eine Mischung aus Schweiß und Parfum, und dachte: Bis hierher lief alles nach Plan.

Freitag, 8.30 Uhr. Irgendetwas stimmte nicht. Die Poolpumpe schwieg. Jonas stieß die Schlafzimmertür mit der Fußspitze auf. Draußen lag Sommer in der Luft, aus der Ferne drang der Ruf eines Pfaus herüber. Elena lag ausgestreckt auf der Bettdecke, nackt, mit einem runden Po, der sich weich wölbte. Ihr langes Haar rahmte den Kopf, der Mund stand einen Hauch offen, zufrieden wie nach einem guten Traum. „Das Frühstück ist fertig, Schatz. Aufwachen", sagte Jonas. Er stellte das Tablett auf seine Bettseite, ging herum und küsste sie sanft auf den Mund. „Ich habe dir etwas ganz Typisches gemacht: gebackene Bohnen mit gebratenem Speck, gebratene Champignons, eine gegrillte Tomate, Toast und Orangenmarmelade. Dazu gibt es ein Glas Guavensaft und eine Tasse Rooibostee. Und, was meinst du?" Elena öffnete die Augen, sah ihn lange an und lächelte. Dann drehte sie sich sacht auf den Rücken, blickte erst zum Fenster, dann auf das Tablett und dort als Erstes auf die kleine Blume in der Vase. „Was ist das denn?" „Das ist eine Serruria. Wegen ihrer zarten Blätter nennen viele sie den Stolz von Franschhoek. Die wächst hinter dem Kellergebäude", sagte Jonas. Elena musterte das Tablett sehr genau und zögerte. „Nee, Jonas, was ist das denn? Das kann ich nicht essen." Jonas fiel die Kinnlade herunter. „Ist klar. Was der Bauer nicht kennt … Dann iss den Toast mit Butter und trink den Tee. Echt schade, das schmeckt so gut." Nach einem kurzen Schweigen setzte er nach: „Na gut, Plus und Minus ziehen sich ja an."

Die anschließende Fahrt brachte sie durch grüne Vororte, vorbei an Villen mit weißen Fassaden, bis die Hänge des Tafelbergs erneut vor ihnen aufragten, diesmal von der anderen Seite. Jonas stellte den Wagen ab und kaufte zwei Tickets. Beim Eintreten schlug ihnen ein Duftgemisch entgegen, fremd und berauschend zugleich: Jasmin, Lavendel, Rosmarin, dazu schwere Aromen exotischer Blüten, deren Namen Elena nicht kannte. Kirstenbosch, der Botanische Garten.

„Mein Gott“, flüsterte sie. „Es ist wie … ein Garten Eden.“ Jonas nickte, doch sein Blick ruhte mehr auf ihr als auf den Pflanzen. Elena boxte ihm spielerisch gegen den Oberarm, beide lachten und dann verlor sie sich im Staunen. Sie gingen durch Alleen uralter Bäume, unter denen das Licht in tausend Splittern tanzte. Sie blieben bei Fynbos-Gewächsen stehen, die es nur an der Kaphalbinsel gab, und lauschten Vögeln, deren Rufe wie exotische Instrumente wirkten. Auf dem berühmten Baumkronenpfad hielten sie Händchen. Der Steg schwankte leicht, Elena hielt sich fest und legte die Finger fester um Jonas Hand. Unter ihnen rauschte ein grünes Meer aus Blättern, über ihnen spannte sich der Himmel, so durchsichtig, dass die Sonne nah schien. „Es ist fast kitschig“, sagte sie leise, „aber wunderschön.“ Jonas küsste behutsam ihre Stirn.

Auf einer Wiese, zwischen ausladenden Bäumen, hatte jemand einen Kindergeburtstag vorbereitet. Bunte Luftballons hingen an Zweigen, auf Decken standen Teller und Becher für eine große Runde. Ein Meer aus Callas, den typischen Kap-Pflanzen mit ihren weißen, kelchförmigen Hochblättern, rahmte die Szene wie ein gemaltes Bild. Hunger musste dort niemand haben. Malva-Pudding stand bereit, ein warmer Kuchen mit Aprikosenmarmelade, der mit Vanillesauce gegessen wurde. Daneben befand sich Melktert, eine Tarte mit süßer Milchcreme und Zimtkruste. Koeksisters glänzten, Zopfgebäck, frittiert und mit Sirup überzogen. Außerdem gab es reich verzierte Kuchen, Süßigkeiten und Softdrinks. Wäre das Buffet auf einem Tisch aufgebaut gewesen, dann hätte die Platte gewankt.

Am Nachmittag des gleichen Tages fuhren die beiden zum Bloubergstrand, einem Versprechen, das Jonas als echtes Highlight ankündigte. Schon von Weitem sahen sie das ikonische Panorama: weißer Sand, das tiefe Blau des Meeres und dahinter der Tafelberg, der wie ein Postkartenmotiv stand. Jonas trug eine Picknicktasche, prall gefüllt mit frischem Brot, Oliven, verschiedenen Käsesorten und einer Flasche gekühltem Sauvignon Blanc. Elena breitete das Tuch aus, was bei dem Wind keine leichte Übung war. Sie streifte die Flip-Flops ab und grub die Zehen tief in den Sand. „Das Meer sieht so friedlich aus", sagte sie. Jonas entkorkte die Flasche. Über dem Wasser malten bunte Segel der Kitesurfer kleine Halbmonde in den Himmel. „Friedlich, aber tückisch", antwortete er. „Strömungen, Haie, eiskaltes Wasser. Von hier aus wirkt es trotzdem wunderschön." Sie aßen, tranken und lachten. Möwen zogen Kreise und gierten nach einem Bissen Brot. Elena warf schließlich lachend ein Stück in die Luft. Eine Möwe fing es im Flug, und Elena klatschte vor Freude. „Als ich das letzte Mal hier saß, kam ein Seelöwe fast bis an den Strand“, sagte Jonas. Die Sonne sank, legte Gold auf den Sand und Rosa auf die Wellen. Elena ließ sich auf den Rücken fallen, verschränkte die Hände im Nacken und schaute in den Himmel. „Wenn es hier immer so wäre ...“, begann sie und ließ den Satz offen. Jonas legte sich neben sie, drehte den Kopf und nahm zärtlich ihr Ohrläppchen zwischen die Lippen. Elena erwiderte den Blick mit funkelnden Augen und einem schelmischen Grinsen, das jede Antwort überflüssig machte. Cut.

Am Samstag weckte Jonas sie später als sonst. Den morgendlichen Cappuccino wollte er bei einer Rösterei am Hafen holen. „Hey, Pretty. Es ist neun Uhr. Komm, wir fahren nach Hout Bay. Da gibt es den frischesten Fisch, den du dir vorstellen kannst. Und ein toller Strand erwartet uns dort auch", sagte er. „Au ja, Fisch, lecker. Den grillen wir nachher", sagte Elena. Sie sprang aus dem Bett und in ihre viel zu enge Jeans. Sexy sah sie aus.

In Hout Bay herrschte quirliges Treiben. Fischerboote schaukelten im Hafen, eines lag gekentert am Steg, ohne dass es jemanden zu stören schien. Möwen kreischten. Die Luft roch nach Salz, Algen und frisch gefangenem Fisch. In der Markthalle stapelten sich Kisten mit Thunfisch, Hummer, Sardinen und Kabeljau. Alles glänzte, war feucht und in einigen Kisten noch quicklebendig. „Such dir etwas aus", sagte Jonas und drückte Elenas Hand. Sie blieb stehen, betrachtete einen gewaltigen Red Snapper, dessen Schuppen in der Sonne funkelten. „Den hier", sagte sie. Der Händler lachte verlegen und offenbarte dabei ein schlechtes Gebiss. Er wickelte den Fisch ein und legte ein paar Garnelen dazu. Jonas bezahlte, sie schlenderten weiter durch das Gewimmel und kehrten an der Ecke für einen Softdrink in ein kleines Restaurant ein. „Wenn das so weitergeht, brauche ich bald ein zweites Kleid in Übergröße", sagte Elena lachend. Jonas legte den Arm um ihre Taille. „Dann kaufen wir eben eines", sagte er.

Die Tage auf dem Weingut dehnten sich, als liefe das Leben in Zeitlupe. Schon am Morgen lag ein dichter Teppich aus Gerüchen in der Luft: feuchte Erde, Diesel vom alten Traktor, süßer Blütenduft wie ein unsichtbarer Schleier. Jonas stand früh auf, noch bevor die Sonne über die Hügel kletterte, und ließ den Motor des Traktors an. Elena beobachtete ihn oft von der Veranda aus, eine Tasse Tee in der Hand. Sie mochte den Anblick dieses kräftigen Mannes, der im grauen Morgenlicht wie ein Teil der Landschaft wirkte, groß, verlässlich, schwer.

Manchmal, wenn Jonas den Traktor über die Zeilen lenkte, flatterten Tauben aus dem Dachboden der Scheune. Ihr Gurren blieb zurück wie ein Echo, das sagte: Wir waren hier, bevor ihr kamt. Und wir sind noch hier, wenn ihr weitergezogen seid. Elena liebte dieses Gurren, es beruhigte und gab dem Tag einen Takt.

Es gab jedoch Momente, in denen die Wildheit Afrikas die Zähne zeigte. An einem Mittwoch um die Mittagszeit saß Elena im Schatten eines Feigenbaums. Plötzlich bewegte sich etwas im Laub über ihr. Sie hob den Kopf und sah eine Boomslang, schlank, grünlich, ein Körper wie ein seidenes Band, das sich durch die Zweige zog, direkt über ihr. Jonas hatte ihr von dieser für Menschen gefährlichen Art erzählt. Eine Sekunde lang stand sie wie versteinert. Das Herz klopfte ihr bis in den Hals, die Schlange blieb fast reglos und passte sich dem Baum an, als gehöre sie zur Rinde.

Jonas trat in den Garten, sah das Tier und legte Elena behutsam eine Hand auf die Schulter. „Ganz ruhig", sagte er leise. „Sie will uns nichts tun. Sie gehört hierher." Elena schluckte. In diesem Moment begriff sie, dass dieses Land kein idyllisches Gemälde war, sondern ein Ort, der mit allem aufwartete: echt, roh, gefährlich und wunderschön zugleich.

Gleichzeitig schenkte es ihnen Augenblicke von heiterer Verwunderung. Ein Strauß tauchte fast täglich am Zaun auf. Mit seinem komischen Gang, dem steifen Hals und den riesigen Augen wirkte er wie der Karikaturist eines Wächters. Er musterte Jonas und Elena, als prüfe er Papiere. Elena lachte jedes Mal und nannte ihn bald den Nachbarn. Jonas erzählte, dass Strauße so gut wie alles fraßen. Eigentlich mochte er das Tier, es gehörte zum Bild dieses Hofs.

Über den Tagen lagen kleine Wunder, die beide in den Bann zogen. Ein warmer Wind strich über die Hänge und brachte den Duft von Jasmin mit. Neben dem Haus blühten Proteen, uralt wirkende Pflanzen, deren Köpfe wie stachelige Kronen aussahen. Elena liebte sie so sehr, dass sie minutenlang davorstand, als würde sie einer Königin huldigen. „Sie sind stolz, genau wie du", sagte Jonas einmal, und sie lachte und boxte ihm gegen die Schulter.

Am Nachmittag breiteten sie manchmal eine Decke

zwischen den Reben aus und machten ein Picknick. Jonas brachte Brot, Käse, Oliven und eine Flasche Wein. Der Hund legte sich neben sie ins Gras, die Sonne brannte, das Zirpen der Zikaden füllte die Stille. Elena schloss die Augen und ließ sich treiben. Es fühlte sich an, als hätte sie zum ersten Mal in ihrem Leben wirkliche Zeit. Keine Termine, keine Pflichten. Nur der warme Wind, der ihr Haar durcheinanderwirbelte, und Jonas, der neben ihr saß und sie anlächelte, als gäbe es nichts Wichtigeres.

Abends verwandelte sich das Weingut in einen Ort mit eigenem Zauber. Wenn die Sonne hinter den Bergen versank, färbte sich der Himmel erst blutrot, dann purpur, schließlich schwarz. Frösche quakten am Teich, Hunde bellten in der Ferne, aus einer Siedlung unten im Tal drangen Trommeln herauf. Die Luft trug Jasmin und warmen Staub, der sich wie eine feine Schicht auf die Haut legte. Jonas zündete Kerzen an und stellte sie auf den Gartentisch. Dann kochte er. Sie aßen langsam, genossen jedes Detail und sprachen über vieles, das ihnen in den Sinn kam.

Elena liebte diese Abende besonders, wenn der Wein ihre Wangen rötete und Jonas erzählte, aus Deutschland, aus seiner Jugend, von Reisen, die er gemacht hatte. Er konnte Menschen mit Worten gewinnen. In guter Laune wirkte er wie ein Entertainer, der dem Leben eine Pointe abrang. Elena hörte zu und hielt manchmal inne, griff nach seiner Hand, nur um sicher zu sein, dass er da war.

Es gab auch ganz stille Minuten. Dann saßen sie nebeneinander, schwiegen und hörten dem Zirpen zu. Jonas zog an einer Zigarette, der Rauch mischte sich mit dem Duft des Jasmins, und Elena legte den Kopf an seine Schulter. In solchen Augenblicken fühlte sie, dass kein anderes Leben sie so berühren würde. Kein anderes Land. Kein anderes Zuhause.

Sternenflut und Sturmlicht

In einer besonders klaren Nacht an einem Samstagabend gingen sie in den Weinberg hinauf, breiteten eine Decke aus und legten sich ins Gras. Die Milchstraße spannte sich wie ein silberner Fluss über das Land, so dicht und leuchtend, dass Elena den Atem anhielt. „Es ist, als schaue man ins Herz des Universums", flüsterte sie. Jonas nickte nur. In ihm lag das Gefühl, die Welt halte für einen Hauch den Puls an, und alles zählte auf einmal: der Sternenhimmel, der Duft nach warmer Erde, die Nähe der Frau, die an seiner Seite lag. Ein Insekt strich über Elenas Handrücken, sie zuckte und lachte leise, als hätte der Himmel ihr mit einer Feder über die Seele gestrichen. In der Ferne bellte ein Hund, ein Nachtvogel rief und zwischen den Reben knisterte es, als liefen unsichtbare Füße über trockene Blätter. „Ich glaube, ich vergesse hier die Zeit", sagte sie, die Augen noch immer nach oben gerichtet. „Das ist gut so", antwortete Jonas. „Hier oben vergeht die Zeit anders." Über dem Kamm der Berge huschte eine Sternschnuppe, hell wie ein Messer, das eine feine Kerbe in die Nacht ritzte. Elena wünschte sich etwas und schwieg, als könnte ein lautes Wort den Wunsch verscheuchen.

Die Tage auf dem Weingut ergaben keine bloße Abfolge von Terminen. Es war eher ein Strom, eine lange Melodie aus Eindrücken, Gerüchen, Geräuschen und Gedanken, der sich durch ihre Stunden zog. Am Morgen hing der Dunst knapp über den Reben, Spinnweben trugen Tauperlen, die in der Sonne glitzerten wie feine Ketten. Ein alter Traktor brummte unten am Schuppen, irgendwo klapperte Metall, und aus der Küche stieg Kaffeeduft, vermischt mit der leichten Süße reifer Trauben. Jonas arbeitete in den Reihen, prüfte Schösslinge, band Triebe an, schnitt hier eine Spitze und dort ein Blatt. Elena ließ Beete neu denken, setzte Proteen an eine Stelle mit Windschutz, zog mit einer Zinkkanne Spur um Spur feine Wasserbögen über die dunkle Erde. „Du passt in diesen Garten", sagte Jonas, wenn er an ihr vorbeikam. „Und du in diese Reben", antwortete sie und wischte sich mit dem Handrücken einen Erdkrümel von der Wange. Beide gaben dem Ort etwas und nahmen zugleich etwas von seiner Ruhe in sich auf, bis der Hof wie eine gemeinsame Handschrift wirkte.

An einem Dienstagabend legte sich ein ungewöhnliches Grau über die Berge. Die Vögel verstummten nacheinander, als wüssten sie, was kam. Elena ging barfuß durch das trockene Gras, blieb stehen und hob den Kopf. Da war es, dieses feine Knistern in der Luft, kaum sichtbar und doch deutlich spürbar. Der Wind hatte seinen Ton gewechselt. Er war nicht mehr warm und beiläufig, sondern nervös, unruhig, mit einer Kante, die an Blättern riss und Staub in kleine Wirbel hob. Er fuhr durch das offene Tor, als dränge ihn etwas, das Gelände zu fegen. „Es kommt ein Gewitter auf", sagte Jonas von der Veranda aus, den Blick in die Ferne gerichtet. Seine

Stimme klang ernst, fast feierlich, als kündige er eine Ankunft an. Elena trat neben ihn. Über dem Horizont türmten sich Wolken, schwarz und schwer, gestaffelt wie Wogen, die sich zum Sturm aufbauten. Die erste Bö ließ den alten Oleander schütteln, die zweite schlug die Wäscheleine an den Pfahl, die dritte kam mit einem fernen Grollen, das über die Hügel kroch.

Der erste Donner rollte wie eine Kanonenkugel durch das Tal, dumpf und tief. Sekunden später zerriss ein Blitz das Dunkel, weiß und kalt, so hell, dass der Weinberg für einen Augenblick wie eine Fotografie wirkte. Jede Rebe stand da, jeder Zaunpfahl, jeder Stein, hart gezeichnet, eingefroren. Elena fuhr zusammen, und Jonas legte ihr die Hand in den Rücken, die Finger breit, beruhigend. Der Regen setzte ohne Vorspiel ein. Kein Tasten, kein Zögern. Ein Sturzbach, als habe der Himmel die Riegel gelöst. In kürzester Zeit glänzte der Boden, Wasser lief in Adern den Hang hinunter, und die Blätter der Proteen schlugen unter den Tropfen wie Trommelfelle. Auf dem Dach prasselte es, an den Fenstern spritzte es, eine Rinne lief über und schickte einen schmalen Wasserfall in den Hof.

Elena hob die Arme und trat in den Regen hinaus. Das Kleid klebte an der Haut, das Haar fiel ihr ins Gesicht und klebte dort in dunklen Strähnen. Sie drehte sich im Kreis, hob das Gesicht, lachte in den Regen, als sei sie Teil des Wetters, als habe sie etwas heimgeholt, das längst in ihr gelegen hatte. Jonas folgte, sprang mit bloßen Füßen in den Matsch, griff nach ihrer Hand, und sie standen einen Augenblick still, bis der nächste Blitz die Welt neu zeichnete. „Ich friere", sagte sie zwischen zwei Atemzügen und lachte im gleichen Moment. „Ich auch. Und ich lebe", sagte er. Dann zog er sie zu sich, küsste sie, erst tastend, dann gierig. Die Welt befand sich auf einem dünnen Steg und unter ihnen lief das Wasser.

So plötzlich, wie es begonnen hatte, fiel die Schärfe aus dem Regen. Das Prasseln wurde leiser, das Grollen wanderte fort, Tropfen lösten sich nur noch von Blättern, als vergaßen sie, dass oben Wolken hingen. Über den Hügeln schob sich fahles Licht hervor und eine farbige Brücke spannte sich über das Tal, sehr zart, wie gemalt. Elena lehnte die Stirn an Jonas Wange. Beide waren triefend nass, atemlos und glücklich. „So ist Afrika", sagte Jonas leise. „Schön, gefährlich, unberechenbar und voller Leben." Elena nickte. In ihren Augen standen Tränen, nicht vom Regen. Dieses Gewitter hatte etwas ins Offene gespült. Es ging nicht nur um Wetter. Es ging um sie.

Später, als die Wolken sich verzogen, fuhren sie nach Kalk Bay. Das Wasser in der False Bay lag still, nur an der Hafenmole brach es gegen Stein. Jonas hatte einen Tisch in einem kleinen Restaurant reserviert, dessen Terrasse direkt am Meer lag. Der Himmel hielt noch Farbe, ein Rot, das in Violett überging, und die Gischt lief in langen Fingern am Mauerwerk herab. „Hier mache ich die besten Bilder", sagte Jonas. „Da fährt der Zug nach Simon's Town vorbei, und plötzlich kommt eine Welle, die in die geöffneten Fenster schwappt. Ein anderes Mal rollt eine Woge bis an den Leuchtturm und wischt fast die Angler vom Kai." Elena grinste. „Du übertreibst gern." „Ich erzähle, wie es ist." Er zwinkerte.

Auf der Terrasse standen einfache Holztische. Lichterketten warfen warmes Licht, Fackeln flackerten in Böen. Eine Coverband spielte alte Hits, die Melodie schwebte über den Wellen. Elena kam in einem luftigen Sommerkleid, das sie am Morgen in einem kleinen Laden ausgesucht hatte. Jonas sah sie an und schüttelte leicht den Kopf, als hätte ihm jemand ein Geschenk gemacht. „Du passt hierher", sagte er. „Du meinst ins Paradies?", fragte sie und zog einen Stuhl zurecht. „Genau", sagte er. Eine Kellnerin mit langem blondem Haar, funkelndem Lächeln und knappem Oberteil kam an den Tisch und reichte die Karten. „Catch of the day ist heute Snoek, frittiert, mit Chips und Remoulade", sagte sie und war schon wieder auf dem Weg zum Nachbartisch. Jonas hob die Karte, zückte das Handy und machte ein Foto. „Was machst du da?", fragte Elena. „Ich brauche das Bild, damit ich ranzoomen kann. Sonst kann ich es nicht lesen." Elena lachte hell. „Armer, alter Mann. Das sehe ich zum ersten Mal." „Ich nenne es Erfahrung", sagte er. „Und ich zahle heute."

Sie bestellten Chenin Blanc aus Boschendal und die Seafood-Platte. Der Service brachte ein großes Holzbrett: Calamari, Muscheln, gebratener Fisch, dazu Zitrone, Gemüse und duftender Reis. Elena musterte den Mann, der die Teller abstellte. Sonnengebräunt, groß, das Hemd weit offen. „Der weiß, welche Ausstrahlung er hat“, sagte sie halblaut. Jonas zuckte mit einem Mundwinkel. „Der weiß vor allem, wie man schleppt. Das Brett ist schwer.“ Elena berührte Jonas Arm. „Ich weiß nicht, ob ich danken oder dich für verrückt erklären soll. Das hier ist so viel. Ich brauche Zeit.“ „Zeit haben wir“, sagte Jonas. „Und Platz für alles andere.“ Nach dem Essen ließen sie den Tisch hinter sich und liefen die Promenade entlang. Das Mondlicht lag wie ein Silberstreifen auf dem Wasser, die Musik der Band wehte ihnen nach. Jonas hielt Elena an der Hüfte und küsste sie, erst zart, dann mit einem Hunger, der in ihm aufgestiegen war, seit sie auf der Terrasse gesessen und die Haare aus der Stirn gestrichen hatte. Elena legte die Hand in seinen Nacken. „Jetzt“, sagte sie, „bin ich hier.“

Zwei Tage später brachen sie früh auf, einen Proviantkorb im Kofferraum. Das Ziel stand fest: Hermanus, die kleine Stadt am Meer, berühmt für ihre Wale. „Hermanus ist wahrscheinlich der einzige Ort, an dem du Wale direkt vom Ufer aus siehst“, sagte Jonas, als die Küstenstraße in langen Bögen vor ihnen lag. „Dort sind keine Boote nötig. Sie kommen so nah, dass man den Atem sieht.“ „Und du bist sicher, dass wir welche sehen?", fragte Elena. Sie streifte die Sonnenbrille ab und blinzelte. „Hundert Prozent. Die Natur hält Wort. Häufiger als der Mensch", sagte er und lachte. In ihre Augen huschte ein Schatten, der schnell wieder verging. Die Straße zog sich durch Weinberge, karge Hügel, kleine Orte mit staubigen Gehwegen und knorrigen Bäumen. Aus einer Bucht kam ein salziger Hauch, der sich wie eine neue Farbe auf die Scheibe malte.

Kurz vor einer Rastbucht sah Jonas am Rand eine Frau mit Eimern. „Stopp. Da will ich raus", sagte er und blinkte. Der Wagen rollte in eine Staubwolke, die in rötlichen Schwaden wieder zu Boden sank. Vor ihnen stand eine kleine Frau mit wettergegerbtem Gesicht. In den Eimern lagen Baby-Ananas, goldgelb, mit stacheligen Schöpfen. „So etwas Gutes hast du noch nicht gegessen, Pretty." Jonas reichte der Frau einen Schein, den sie ohne Regung einsteckte, und hob einen Eimer heraus. „Du riechst dort, wo die Blätter ansetzen. Wenn es süß duftet, passt es." Er klappte das Taschenmesser auf, fasste die Frucht am Schopf und zog die Schale in großen Spiralen ab. „Da. Probier." Elena biss ab, Saft lief ihr in die Mundwinkel. „Boah, ist das gut", sagte sie kauend. Jonas wischte mit dem Daumen den Saft von ihrer Lippe. „Du hast gerade Sonne gegessen", sagte er.

Je näher sie Hermanus kamen, desto intensiver roch es nach Salz. Die Brandung dröhnte gegen Felsen, Gischt stieg in feinen Wänden auf. An der Promenade ergatterten sie einen Platz am Geländer. Die Bucht lag türkis vor ihnen, der Horizont scharf gezeichnet. Elena hielt sich fest und starrte hinaus. Da wölbte sich ein dunkler Rücken aus dem Wasser, groß, schwarz, glänzend. Ein Südlicher Glattwal hob sich, zeigte für einen Atemzug die Rundung, funkelte in der Sonne und schlug dann mit einem dumpfen Donner zurück in die See. Gischt spritzte, der Klang stand noch in der Luft, als Elena die Finger in Jonas Hand verkrampfte. „Oh mein Gott, hast du das gesehen?“ „Genau deswegen sind wir hier“, sagte er und hätte in diesem Moment schwören können, er habe den Wal bestellt. Weitere Tiere tauchten auf, prusteten, glitten weiter, verschwanden und kamen wieder. Manchmal lagen sie so nah, dass man die weißen Flecken auf ihrer Haut erkennen konnte. Jonas machte Fotos, doch oft ließ er die Kamera sinken, nur um zu schauen. Elena sprach fast pausenlos, die Sätze stolperten vor Freude übereinander. „Ich hätte nie gedacht, dass Tiere so monumental wirken. Man fühlt sich winzig. Und gleichzeitig so lebendig.“ Sie legte den Kopf an seine Brust. In diesem Moment wusste Jonas, dass jeder Streit, jedes Risiko, jede verrückte Idee, die sie hierhergebracht hatte, Sinn ergab.

Am nächsten Montag fuhr Jonas allein nach Franschhoek zum Village Market. Er kam nicht als Fotograf, sondern mit dem Blick eines Suchenden, der für einen Menschen einkaufte. Drei Samosas mit Gemüsefüllung wanderten auf die Hand, hinzu kam eine frisch gemachte Minzsoße. Knusprig, aromatisch die Teigtaschen, ein kleines Gedicht. Nach dem Einkauf gönnte er sich ein Glas Pinotage, stand am Rand des Gewimmels und sah zu, wie Kinder an einem Stand bunte Bänder zogen. Zu Hause bereitete er die Küche vor. Auf der Arbeitsfläche lagen Schüsseln, Messer, Bretter. In einem Topf schwitzte er Butternut an, gab Ingwer dazu, Chili, Kokosmilch. Auf einem Brett hackte er Macadamias, röstete sie in der Pfanne, bis sie dufteten. Elena erschien im Türrahmen, Weinglas in der Hand, und schaute ihm zu, wie er Ziegenkäse zu Rollen formte, sie in Nüssen wälzte und die Grillpfanne heiß werden ließ. „Das sieht nach Kunst aus", sagte sie. „Ich nenne es Hunger", sagte er.

Als die Sonne die Reben vergoldete, stand der erste Gang auf dem Tisch: zwei Rollen Ziegenkäse, außen goldbraun, in Macadamias gehüllt, daneben ein Salat aus Mango, Babyspinat und Granatapfel. Das Dressing aus Limette und Honig warf helle Spiegel auf die Teller. „Das sieht professionell aus", sagte Elena. Sie roch, kostete und riss die Augen auf. „Oh Gott! Das ist wirklich gut." Der zweite Gang kam in tiefen Schalen. Die Butternut-Suppe leuchtete orange, duftete nach Kokos und Gewürz. Obenauf lag ein Klecks Crème fraîche, ein paar Tropfen Kürbiskernöl, ein Blatt Koriander. Elena hob den Löffel, probierte und schloss die Augen. „Wie Samt", sagte sie. „Warm und süß und genau richtig." Es folgte Kabeljau, außen leicht gebräunt, innen schneeweiß.

Darunter lagen grüne Bohnen mit Tomaten in Olivenöl und Knoblauch. Darüber träufelte Jonas eine Mischung aus Zitrone, Öl und Kapern. Kleine Ofenkartoffeln mit Rosmarin knusperten beim ersten Biss. Elena sah ihn an. „Das hast du für mich gekocht?" Sie kostete und seufzte so tief, dass Jonas lachen musste. „Du bist gefährlich", sagte sie. „Wenn du so weitermachst, bleibe ich für immer." Zum Schluss kam Pavlova. Eine weiße Baiser-schale, gefüllt mit Vanillecreme, darüber Mango, Papaya, Maracuja, Granatapfel. Elena lachte nach dem ersten Bissen. „Unverschämt. Einfach unverschämt."

Sie blieben lange draußen. Fackeln warfen warmes Licht in die Reihen, Grillen zirpten, die Luft fühlte sich weich an. Der Sauvignon Blanc ging zur Neige. Elena rückte auf Jonas Schoß, legte den Kopf an seine Schulter, und beide schauten schweigend in die Nacht. „Wenn du so weiter kochst", murmelte sie schläfrig, „weiß ich nicht, wie ich je wieder wegkomme." Jonas küsste ihre Stirn. „Du bist hier", sagte er. Später, als die Kerzen heruntergebrannt waren und die Reben im Dunkel standen, fanden sie im Schlafzimmer wieder zueinander. Nichts war überstürzt, nichts aufgesetzt. Die Küsse wurden länger, die Berührungen tiefer, ihre Hände suchten sich Wege. Die Nacht gab Raum und beide füllten ihn mit Atem, Lachen und diesem leisen Geräusch, das entstand, wenn Stoff über Haut streifte. Draußen rauschte Wind in den Zeilen, drinnen bestand eine Stille, die kein Wort brauchte.

An anderen Abenden saßen sie auf der Terrasse, rochen an Weinen aus den Fässern, erzählten von Tagen, die hinter ihnen lagen, und von Träumen, die noch keinen Namen hatten. „Ich hätte nie gedacht, dass es so ruhig sein kann“, sagte Elena, die Beine untergeschlagen, das Glas in der Hand. „Und dass man hier einfach sein kann.“ Jonas legte den Arm um sie. „Das ist der Plan“, sagte er. „Ohne Druck. Ohne Hast.“ Dann schwiegen sie, hörten dem Zirpen zu. Eine Zigarette glühte kurz auf, Rauch mischte sich mit dem Duft von Jasmin. Elena legte den Kopf an seine Schulter. In dieser Stunde zweifelte sie nicht. Nicht an ihm, nicht an diesem Ort, nicht an dem Weg, den sie gingen.

Ein Riss im Blau

Die Wochen zogen ins Land. Jonas tauchte tiefer in die Arbeit ein, als hätte der Hof ihn gerufen. Elena bewegte sich durch den gleichen Raum, lief die gleichen Wege, doch sie fühlte sich wie eine Statistin in einer Szene, deren Drehbuch sie nie gesehen hatte. Am Vormittag saß sie auf der Veranda, blickte auf Reihen aus Grün, hörte das ferne Brummen des Traktors, roch Most, Erde, Stein. Nachmittags streifte sie durch die Reben, zupfte hier ein Blatt ab, hob dort eine Traube an, ohne echtes Ziel, nur um nicht stillzustehen. Am Ende des Tages blieb Müdigkeit zurück und eine Leere, die nicht von körperlicher Anstrengung rührte.

Eines Abends stand ein Teller vor ihr: gegrilltes Steak, Kürbispüree, knusprige Kartoffelspalten. Jonas setzte sich, die Finger dunkel von Arbeit, Reste von Erde an den Nägeln. „Kannst du dich bitte mehr einbringen?", sagte er. „Vielleicht kümmerst du dich um das Gästehaus. Mach ein kleines Bed and Breakfast daraus. Mit deinem Charme läuft das." Elena starrte auf das Fleisch, dann auf die goldenen Spalten. „Ein Gästehaus." „Ja. Stell dir Städter aus Kapstadt vor, die Ruhe suchen. Reisende aus Übersee. Du begrüßt sie mit einem Glas Wein, zeigst ihnen die Hügel, buchst Touren, bereitest Frühstück. Das passt zu dir." Elena nickte. In ihrem Kopf hakte es. Ein Haus voller fremder Gesichter, Lächeln, das man übt, Betten, die am Morgen gemacht werden, bevor der nächste Koffer die Schwelle kreuzte. War das ihr Bild von diesem Ort?

Nach dem Essen trat Jonas zu ihr an die Terrassentür. Er sah ihr in die Augen. Sie wich kurz aus, errötete, dann blieb sie stehen. Er legte die Arme um sie, drückte sie an sich, küsste sie an der Schläfe. „Ich hab dich lieb“, sagte er. Elena erwiderte den Druck, erst zögernd, dann fest. In der Brust stieg ein Schluchzen auf, das sie nicht wegdrücken konnte. Es kam leise, dann stärker, bis sie den Kopf an seine Schulter legte und den Stoff nass weinte. Jonas hielt sie, strich ihr über den Rücken, sagte nichts mehr. Irgendwo im Hof klapperte eine lose Dachrinne im Wind.

Die Tage zogen dahin, einer reihte sich an den nächsten. Jonas ging auf im neuen Alltag. Er besprach mit dem Kellermeister Tannine und Säuregrade, bestellte neue Pumpen, probierte unterschiedliche Fässer, nahm an Verkostungen teil. In den Nachmittagsstunden stand er mit den Angestellten am Schuppen, lachte, hörte Geschichten, erzählte eigene. Abends blätterte er in Fachzeitschriften, strich Passagen an, machte Randnotizen. Das alles ergab Sinn, jedenfalls für ihn.

Elena lernte eine andere Begleiterin kennen: Langeweile. Erst zeigte sie sich höflich, in Gestalt langer Nickerchen und ausgedehnter Spaziergänge. Dann wurde sie hartnäckig. In Stellenbosch fand Elena so etwas wie ein Gegenmittel: Stimmen auf den Gehwegen, Schaufenster, ein Buchladen, der nach Papier und Kaffee roch. Sie probierte Kleider an, die sie nicht brauchte, setzte sich in Bars, in denen Musik aus kleinen Lautsprechern kroch, und blickte Menschen hinterher, die eilig an ihr vorbeigingen. Dort, am Rand der Stadt, lag ein kleiner Flugplatz mit Hangar, Werkstatt und einer Bar unter einem Blechdach. An einem heißen Nachmittag nahm Elena an der Theke Platz. Ein Ventilator wackelte über ihrem Kopf, Eis klirrte in Gläsern.

Er trat zu ihr, als wäre das die natürlichste Bewegung der Welt. Marcus, Mitte vierzig, Sonnenstriche auf der Haut, Augen, die lachten, bevor der Mund es tat. „Sind Sie schon mal über das Kap geflogen?“, fragte er. „Mit einem Flugzeug noch nicht“, sagte Elena trocken. „Ich meine selbst geflogen“, sagte er und bestellte zwei Gläser Chenin Blanc. „Sie sehen aus wie jemand, der die Dinge gern von oben betrachtet.“ „Und Sie sehen aus wie jemand, der das Frauen oft sagt.“ „Stimmt“, entgegnete er ohne ein Zucken. „Bei Ihnen meine ich es ernst.“ Elena hob das Glas, trank, stellte es ab und merkte, dass sie lächelte.

Auf dem Rückweg vibrierte der Motor unter der Haube, die Straße lag wie ein Band vor ihr, und in irgendeinem unbeleuchteten Winkel ihres Kopfes leuchtete ein neues Schild auf: Möglichkeit. Jonas bemerkte nichts. Oder er tat so. Seine Stunden füllten sich mit Terminen, Notizzetteln, Aromenproben. Abends fragte er nach ihrem Tag und sie sagte „Einkaufen" oder „Stellenbosch" und fragte zurück, wie die Fässer ausfielen. Alles hörte sich vernünftig an.

Die Fahrten in die Stadt häuften sich. „Ein bisschen Abwechslung", sagte sie. Jonas nickte. „Gönn dir das." Er reichte ihr den Autoschlüssel, als sei das ein Glas Wasser an einem warmen Tag. Elena steuerte aufs Flugfeld zu. Marcus wartete bereits, an die Tragfläche einer Cessna gelehnt, die Ärmel hochgekrempelt. Er reichte ihr ein Headset. „Bereit?" „Ich weiß nicht", sagte sie und lachte über sich selbst. „Ich hielt Höhen nicht für mein Ding." „Heute sind sie es", sagte er. Ein Mechaniker gab Handzeichen, der Propeller sprang an, Luft wirbelte Staub auf, die Maschine rollte auf die Bahn, hob ab.

Die Welt schrumpfte, je höher sie kamen. Häuser wurden zu kleinen Würfeln, Straßen zu Bleistiftstrichen. Selbst die Weinberge, die Jonas mit solcher Inbrunst beackerte, lagen da wie ein geordnetes Muster auf einer riesigen Decke. „Siehst du das da unten?", knackte Marcus Stimme über das Intercom. „Gordon's Bay. Und da hinten, an klaren Tagen, Hermanus. Mit Glück zeigen sich Wale." Elena drückte die Stirn an die Scheibe. „Es ist … schön", sagte sie. Mehr brachte sie nicht heraus, und das genügte. Marcus grinste, schob das Steuer leicht nach. „Am Anfang denkt man, einmal reicht. Dann will man es wieder."

Eine Woche später saß sie erneut neben ihm. Diesmal flogen sie über Bergzüge, die karger wirkten. Das Licht lag schräg, Schatten fielen hart. Im Sinkflug berührte Marcus kurz ihre Hand. Nichts Dramatisches, nur eine Sekunde, die mehr Raum erzeugte als jeder Satz. Elena zog die Hand nicht weg. Sie erinnerte sich an Berlin, an einen Sommer auf einem Dach, an Jonas Lachen damals. So hatte vieles begonnen.

Zu Hause sprach sie von einem neuen Hobby. Jonas hob eine Augenbraue. „Fliegen? Du, der schwindlig wird, wenn wir auf die Dachterrasse gehen?" „Man wächst über sich hinaus", entgegnete sie. Jonas nahm ein Glas, schenkte Wein ein. „Solange du nicht vergisst, wo der Boden ist." Er lächelte. Es blieb bei diesem Satz, der wie ein Holzpflock in der Erde steckte.

Die Flüge wurden häufiger. Marcus erklärte Instrumente, Lehrsätze, Funksprüche. Er ließ Elena das Steuer halten, erst kurz, dann länger. Die Angst verflog. An ihre Stelle trat etwas, das sich wie Hunger anfühlte. Sie lachte über Funk in einer Art, die Jonas lange nicht gehört hatte. Er hörte es nicht. Er war auf dem Hof, roch an Proben, sprach mit Lieferanten, schrieb E-Mails, nach denen Kisten kamen.

Es geschah an einem späten Nachmittag. Die Luft flimmerte noch über der Rollbahn, die Sonne sank langsam. „Ein Drink?", fragte Marcus, nachdem sie gelandet waren. „Oben bei mir." Elena nickte, ohne zu überlegen. Der Raum lag unter dem Dach, mit Blick auf den Hangar. Es roch nach Metall, Seife, Zitrone. Er stellte zwei Gläser hin, die Musik aus einem kleinen Lautsprecher war kaum mehr als ein Schatten im Hintergrund. Kein großes Crescendo. Keine übertriebene Geste. Nur zwei Menschen, die aufhörten, Distanz zu verwalten. Später lag ein Schweigen zwischen ihnen, das mehr Wärme hatte als der Großteil der Worte.

Elena fuhr spät los. Auf der Straße lag Licht von Laternen, das wie Teichflecken auf den Asphalt fiel. Sie hielt kurz am Straßenrand, atmete in den Nachthimmel, fuhr dann weiter. Jonas saß auf der Veranda, die Kamera auf dem Schoß, als sie auf den Hof bog. Er hob den Kopf, stellte eine Flasche auf den Tisch, ohne nach der Uhrzeit zu fragen. „Du warst lange weg." „Einkaufen." „Aha." Er lächelte, neutral, so, dass man nichts daraus lesen konnte. Ein Lächeln wie ein Kamerablick, der nicht verriet, ob eben ein Foto entstand.

Am nächsten Morgen schnürte Jonas Schuhe, die noch feucht von Tau waren, und ging in die Reihen. Elena stand am Fenster. Ihr Spiegelbild mischte sich mit Reben, Himmel, dem hellen Band der Zufahrt. In ihrer Brust lag etwas, das zog. Nicht laut, nicht mit Gewalt. Eher wie eine Strömung, die man erst spürte, wenn die Füße vom Grund abhoben.

Sie probierte das Bed and Breakfast in Gedanken: frische Laken, Duft nach Seife, Körbchen mit Seife und Kamm, eine kleine Kreidetafel mit *Willkommen.* Sie stellte sich vor, wie Gäste anreisten, wie sie Namen nannte, wie Koffer auf Stufen stießen. Dann sah sie Marcus Hände am Steuerknüppel, die Linie der Küste von oben, den Schatten der Maschine über der Bucht. Beides war Teil dieser neuen Welt, die sich um sie legte. Sie spürte, wie sie eine Entscheidung hinauszögerte. Entscheidungen kamen selten in einem Satz. Sie reiften in stillen Minuten heran.

Jonas schrieb sich in die Winemaker-Runde ein, besuchte Betriebe, in denen Eichenholz duftete, hörte Vorträge, in denen es um Hefen, Klima, Ausbau ging. Er nickte, stellte Fragen, notierte, lachte an der richtigen Stelle. Auf dem Rückweg hielt er an einem Straßenstand und kaufte Obst, Käse, Brot. Er deckte den Tisch auf der Terrasse, legte ein Messer quer über ein Brett, zündete eine Kerze an. „Heute esse ich draußen mit dir“, sagte er. „Ich bin da.“ Elena setzte sich, schnitt ein Stück Käse ab, legte Weintrauben daneben. „Schön“, sagte sie. Sie nahmen sich vor, nach dem Essen ins Dorf zu fahren, Musik zu hören. Später blieben sie doch sitzen. Die Nacht kam leise, Grillen zirpten, die Kerze flackerte. Jonas erzählte von einer Idee, einen Teil der Reben anders anzulegen. Elena nickte, fragte nach Wasser, ging in die Küche, blieb dort länger als nötig und stand am offenen Fenster, als lausche sie auf einen Motor, der nicht kam.

Sie fuhr öfter zu Marcus. Einmal brachte er sie über die Küste hinaus. Sie flogen entlang weißer Strände, eine Bucht funkelte wie Zinn, ein Schiff zog langsam eine Spur. „Hier ist die Luft am besten", sagte er. „Hier atmet man anders." „Ich spüre es", sagte Elena. Er legte die Hand auf die Drossel, zog leicht, die Maschine sank ein Stück und schwang sich wieder hoch. „Man kann oben sein, ohne zu fliehen", sagte er. Elena schwieg, doch die Worte ließen sich in ihr nieder.

Im Hof liefen Wochen zusammen. Ein Trupp Arbeiter band junge Triebe. Ein Hund legte sich in den Schatten einer Tonne. Ein Karren knarrte auf Kies. Elena stand am Rand der Zeilen, blickte auf Blätter, auf die feinen Härchen an den Stielen. Ein Mädchen aus dem Ort brachte Eier, legte sie vorsichtig auf die Stufe und erzählte, dass ihr Bruder am Hafen Arbeit gefunden hatte. Elena gab Geld und ein Glas Saft. Das Mädchen lächelte und rannte davon. Dieser Hof hatte Herz und Alltag, beides gleichzeitig.

Eines Abends, das Licht fiel weich über den Garten, kam Jonas mit einer Nachricht aus dem Dorf. „Der alte Schuster hat den Laden abgegeben", sagte er. „Sein Sohn macht weiter, modern, sagt er." Elena lächelte. „Manchmal ist neu gut", sagte sie. Sie dachte an Marcus Wohnung unter dem Dach, an das kleine Fenster, an die Hand auf ihrer Hüfte. Jonas stand dicht vor ihr. „Ich weiß nicht, wie wir das hier am besten hinbekommen", sagte er. „Wir schaffen das.“ Elena stellte das Glas ab und trat hinaus in die Dämmerung.

Sie stellte sich vor, wie Gäste kamen. Ein Paar aus Kapstadt. Zwei Freundinnen aus Deutschland. Ein älterer Herr aus England, der schon einmal hier gewesen war. Sie sah die Tabletts, die sie morgens an Betten stellen würde, dachte an Blumen aus dem Garten, an kleine Karten mit Tipps für Wanderwege. Dann sah sie sich im Cockpit, wie sie nach außen griff, um das Fenster zu verriegeln, und wie die Welt in große Flächen zerfiel: Blau, Ocker, Dunkelgrün.

Die erste Lüge kam unauffällig. „Ich gehe in die Stadt“, sagte Elena und zog eine leichte Jacke über. Jonas nickte. „Bring Kaffee mit.“ Sie fuhr zum Flugfeld. Der Himmel frisch gewaschen, die Maschine bereit. Beim Start presste es sie in den Sitz, das Geräusch des Motors legte sich wie ein Tuch um beide. Oben legte sich Ruhe in sie. Erst dort merkte sie, wie sehr sie dies suchte.

Als sie später am Abend in den Hof einbog, saß Jonas wieder auf der Veranda. „Du warst lange weg.“ „Einkaufen.“ „Aha.“ Er drehte die Kamera in den Händen, sah kurz durch den Sucher, senkte sie und stellte sie auf den Tisch. In seinem Blick lag etwas, das Elena nicht deuten wollte. Sie setzte sich, zog die Schuhe aus, massierte die Zehen, als sei das eine unschuldige Geste, die nichts verriet.

Ein paar Tage danach kam Wind auf. Wolken zogen über den Kamm, blieben hängen, lösten sich wieder. Marcus schrieb eine Nachricht: *Heute Abend frei? Die Luft ist gut.* Elena sah auf den Bildschirm, räusperte sich, legte das Telefon neben die Spüle, das Display nach unten. Später antwortete sie: *Ja.* Sie packte eine Tasche, in der eine Bürste lag, ein dünner Pullover, ein kleines Fläschchen Parfum. Sie fuhr los, ohne Musik, beide Hände am Lenkrad. Auf dem Flugplatz stand Marcus an die Cessna gelehnt. „Du kommst", sagte er. „Ich komme", sagte sie.

Es war nicht nur der Flug. Es war die Art, wie er die Tür für sie öffnete. Wie sein Blick an ihrem Gesicht blieb, ohne fordernd zu wirken. Wie er ihr einen Tee machte, als sie nach der Landung Gänsehaut zeigte. Wie er den Kopf senkte, als er sie küsste, als hätte er lange auf genau diesen Winkel gewartet. Danach lagen beide auf dem Teppich, die Fenster standen offen, die Luft roch nach Metall und Nacht. Elena dachte an Berlin, an Jonas, an das Weingut und an das Gefühl, das sie gerade durchfuhr, warm wie ein Strom.

Spät, fast zu spät, kam sie auf den Hof zurück. Ein Frosch hüpfte über die Stufe, als sie die Tür öffnete. Jonas saß im Halbdunkel. „Ich hab dir Suppe warmgehalten", sagte er. Elena nickte. „Danke." Sie setzten sich an den Tisch. Löffel klirrten. „Schmeckt?" „Ja." Er stellte das Glas Wasser neben ihren Teller, zog es wieder ein

Stück zurück, als hätte er sich versehen. „Ich mag, dass du hier bist", sagte er. Elena sah auf den Tisch. „Ich bin hier", sagte sie, und sie spürte, dass ein Satz wahr sein konnte, ohne alles zu sagen.

Der Hof atmete. Die Reben wuchsen, Kisten wurden gestapelt, Etiketten gedruckt, E-Mails gingen ein und aus. In Elenas Kalender tauchten neue Einträge auf: *Flug, zehn Uhr, Rund über die Bucht, Abend, möglich*. Jonas Zettel an der Pinnwand füllten sich mit Zahlen, Terminen, kurzen Pfeilen, die von einer Zeile zur nächsten zeigten. Zwei Leben liefen nebeneinanderher, berührten sich während der Mahlzeiten, in Betten, auf Wegen zum Schuppen. Beim Essen fragte Jonas: „Wie war dein Tag?" „Gut", sagte Elena. „Ich habe an den Beeten gearbeitet." „Schön", sagte er. Sie lächelten sich an, als fiele Licht durch eine Scheibe und nicht direkt auf die Haut.

Als der Monat wechselte, war der Riss nicht mehr zu übersehen. Nicht dramatisch. Eher wie ein Haar in Glas. Wer es nicht wusste, sah es kaum. Wer hinsah, fand es sofort. Jonas fotografierte morgens Nebel über Reben und hängte das Bild an die Wand in der Küche. Elena blieb davor stehen, länger als nötig. „Schön", sagte sie. „Ja", sagte er. Seine Hand hob sich, als wolle er ihr Haar aus der Stirn streichen, doch er tat es nicht. Draußen schrie ein Ibis und für einen Herzschlag lang hörten beide nur das.

Jahrgang der Schuld

In den folgenden Wochen stand der Hof in vollem Saft, doch etwas kippte. Jonas arbeitete bis in die Dämmerung, prüfte Most, roch an Glasproben, besprach mit dem Kellermeister Tannine und Säure. Er hielt die Kamera wieder griffbereit, nicht für die Etiketten, sondern für das, was zwischen den Zeilen geschah. Elena fuhr öfter in die Stadt. Ihre Antworten auf einfache Fragen hingen einen Herzschlag zu lange in der Luft, dann fielen sie, sauber poliert, aber ohne Gewicht. Er registrierte Details. Ein Haarband, das sie vor der Abfahrt zu straff setzte. Ein Duft, der nicht aus ihrem Bad stammte. Müdigkeit am Morgen, die keine Weinlaune war.

Eines Abends nahm Jonas die Kamera vom Haken und folgte ihr. Staub lag über der Straße, die Sonne hing tief. Am Zaun des Flugplatzes blieb er im Schatten stehen. Durch eine Öffnung im Hallentor sah er Marcus, die Ärmel hochgekrempelt, und Elena, die schneller ging als nötig. Die Begrüßung war kein Gruß. Ein Körper erinnerte sich an den anderen. Jonas drückte ab. Ein Bild, dann noch eines. Das Klicken war vertraut, fast beruhigend. Es sagte: Es ist da. Nicht mehr zu bestreiten.

Zu Hause legte er die Kamera auf den Tisch und setzte sich daneben. Er schaute die Wand an, nicht die Dateien. Ihm war, als stünde jemand im Zimmer, der nicht atmete. Er dachte an frühere Jahre, an Berlin, an den Sommer auf dem Dach, an Elenas Lachen, das einmal nur für ihn war. Er dachte an den Hof, der in seine Hände übergegangen war, an die Reben, die wie Zeilen eines Notenblatts am Hang lagen. In diesem Klang war ein falscher Ton, der nicht verschwand, egal wie oft er das Stück von vorn begann.

Er wartete, weil er den Verlauf eines Tages kannte: Licht, Schatten, eine Stunde, in der Dinge offenbar werden. Elena wurde nachlässig. Die Rückkehrzeiten verschoben sich. Das Parfum blieb in der Tasche. Manchmal summte sie eine Melodie auf der Auffahrt, die nicht zu dem Wort Einkäufe passte. Jonas sammelte Spuren, keine Beweise für ein Gericht, eher Scherben, aus denen ein einziges Bild entstand.

Als sie wieder ‚kurz nach Stellenbosch' fuhr, nickte er. Er gab ihr einen Kuss auf die Wange. „Fahr vorsichtig." Sie lächelte und war fort. Der Staub in der Einfahrt sank, er holte sein Sakko, legte die Pistole in die Innentasche, nahm die Kamera und fuhr los. Sein Blick blieb auf der Straße. Kein Radio, kein Wort.

Der Stellenbosch Flying Club lag hell in der Hitze. Eine Cessna stand im Halbdunkel des Hangars, daneben befanden sich ein abgewetzter Sessel und eine geöffnete Flasche Rotwein. Stimmen. Ein Lachen, das er lange nicht mehr gehört hatte. Er schob sich bis an den Spalt des Tores. Elena saß auf Marcus Schoß, sein Mund an ihrem, ihre Hände an seinem Nacken. Jonas Herz blieb im Takt. Er hob nicht die Kamera. Er hob Metall.

„Man trifft Entscheidungen", sagte er. Nicht lauter als nötig. Elena fuhr herum, Haarsträhnen lösten sich, Marcus griff nach der Hose. Die Zeit spielte keine Rolle mehr. Ein Knall fuhr durch die Halle, noch einer. Der Wein lief vom Sitzpolster, eine rote Spur über Stoff und Schaum. Das Licht vom Tor schnitt ein Rechteck auf den Beton, es blieb ungerührt.

Jonas setzte sich auf eine Kiste. Neben ihm lag Metall. Er nahm die Kamera in die Hand. Ein Bild. Kein Kunstgriff, keine Pose. Zwei Körper, der offene Raum, die Flasche, der Streifen Sonne am Boden. Er drückte auf Stopp. Er steckte alles ein und atmete durch den Mund, weil die Luft nach Eisen schmeckte.

Auf der Rückfahrt säumten die Felder wie bleiche Laken den Weg. Die Reifen summten, Brücken zählten die Meter. Im Hof stand die Luft still. Im Keller roch es nach Holz, Stein, Hefe. Ganz hinten das Fass, das nie in den Ausschank kam. Ein Jahrgang, der nie eine Chance bekam. Jonas legte die Hand an den Reifen, spürte Feuchtigkeit im Holz. Er öffnete, er hob, er wuchtete. Kein heroischer Blick, kein Satz. Nur Arbeit, schwer, stumpf. Ein Arm blieb oben, die Finger standen ab wie an einer Puppe. Jonas drückte sie hinab, der Spiegel am Fasshals vibrierte, weil Flüssigkeit zurückschlug. Der

Deckel ging wieder drauf. Ein dumpfer Klang zog durch den Raum und erstarb im Mauerwerk.

Er wischte Spuren, die auf Stein standen, und sah doch, dass etwas blieb. Nicht sichtbar. Spürbar. In der Küche drehte er am Korken eines Shiraz. Das Glas füllte sich, roch nach Pflaume, Pfeffer, Rauch. Er setzte sich und trank. Er sah die Hände an, die eben noch gehoben hatten. Er erkannte seine Fingernägel nicht wieder.

Die Nacht kam ohne Wind. Geräusche im Hof kehrten an ihre Plätze zurück. Ein Hund ging rüber in den Schatten und legte den Kopf auf die Pfoten. Jonas stand auf, spülte das Glas, wandte den Blick nicht zur Tür. Im Bad wusch er sich die Hände, bis das Wasser klar blieb. Er zog das Hemd aus, legte es auf den Stuhl, setzte sich wieder. Der Stuhl knarrte, als antwortete jemand.

Am Morgen stand die Sonne früh über dem Hang. Die Arbeiter kamen wie immer, banden Triebe, prüften Drähte. Einer ließ den Hammer fallen, hob ihn auf. Im Hof stand das Auto, als sei es gestern erst geputzt worden. Jonas ging die Reihen hinauf. Der Tau hatte die Blätter gesprenkelt. Ein Vogel flog auf, zerschnitt den Moment und war wieder Teil der Fläche. Er machte ein Foto von der Lichtkante am Blatt. Es wurde scharf, jedes Härchen war sichtbar. Er speicherte es ab. Das Bild sagte: Hier ist Ruhe. Sein Körper wusste anderes.

Elena meldete sich nicht. Niemand meldete Elena. Ihr Handy lag in einer Schublade im Haus der Flugschule, stumm, mit einem Haltestreifen aus Stoff. Ein Glas stand am Spülbecken, ein Lippenrand am Rand, kaum sichtbar. Marcus Jacke hing über einer Stuhllehne. Jemand würde diese Dinge später finden. Jemand würde fragen. Der Flugplan war nicht eingetragen, an dem Tag gab es keinen offiziellen Start. Die Maschine war unangetastet. Ein Kalenderblatt im Büro zeigte einen roten Kreis um einen Dienstag in drei Wochen. Daneben stand: *Wartung Cessna 210E.*

Jonas schrieb Listen, die nichts mit dem Hof zu tun hatten. Keine Namen, nur Orte und Uhrzeiten, die niemandem auffielen. Er stand im Keller, legte das Ohr an Holz, als lausche er auf das winzige Knistern in einer Fermentation. Natürlich kam da kein Knistern, nur sein Blut im Ohr. Er nahm den Deckel nicht wieder ab. Er wusste, dass der Geruch sich ändern würde. Er wusste, dass sich alles ändern würde, auch wenn niemand ans Fass ging. Diese Gewissheit legte sich wie ein bittererer Film auf seine Zunge.

Tags darauf kam der Nachbar wegen eines Schlauchs. „Alles gut, Jonas?" „Alles läuft", sagte er. Er zeigte auf eine Pumpe, sprach über Förderleistungen, über eine Lieferung, die ausstand. Der Nachbar nickte und legte den Schlauch über die Schulter. Auf dem Weg hinaus blieb sein Blick kurz an der Kamera hängen, die an ihrem Haken hing. „Gutes Modell", sagte er. Jonas nickte. „Arbeitet zuverlässig." Der Satz hing im Raum, wie ein Sprichwort, das niemand erfunden hat.

In den Nächten stand Jonas öfter auf. Er ging zum Fenster, sah in den Hof, als erwarte er Bewegung. Der Mond legte ein graues Rechteck auf den Kies. In einer Mauerfuge saß eine Eidechse, die er am Muster erkannte. So viel Ordnung in einem Wesen, das kleiner war als seine Handinnenfläche. Er schloss das Fenster und setzte sich an den Tisch. Auf der Tischplatte ein Kratzer in Form eines Hakenkreuzes, alt, von einem Fremden gekerbt, der irgendein Messer dabeigehabt hatte. Er legte den Finger darauf, als könne er die Spur ändern, wenn er lange genug zuckte.

Am dritten Tag besuchte ihn der Kellermeister. „Wir müssen den Blend für den neuen Roten festlegen." Jonas nickte. Sie probierten, sie sprachen. Aroma, Gerbstoff, Abgang. Jonas Mund fand die Worte, sein Kopf stand an einer Kellertür. „Der Cabernet braucht Ruhe", sagte er. „Der Shiraz kann etwas mehr Holz vertragen." Der Kellermeister nickte. „Ich setze die Notizen um." Die Worte klangen nüchtern, zweckmäßig. Ein Wein entstand nicht in Sätzen, er entstand im Zeitverlauf. Jonas spürte an diesem Satz, was in ihm kein Zeitmaß mehr fand.

Er begann, Bilder zu löschen. Nicht aus Feigheit. Eher aus dem Wissen, dass die Kamera nie Richter sein würde. Er ließ ein einziges Foto stehen. Nebel über den Reben, frühmorgens, die Linie des Hangs, weich und doch genau genug, dass man den Standort bestimmen konnte. Dieses Bild hing in der Küche. Er blieb oft davor stehen. Die Küchenlampe spiegelte sich in der Glasfläche als heller Kreis. Sein Gesicht tauchte darin auf, blass, deformiert durch die Wölbung.

Am fünften Tag setzte leichter Regen ein. Tropfen hingen an den Drähten zwischen den Pfählen. Die Arbeiter zogen ihre Kapuzen hoch. Kein Mensch ging an den Keller ganz hinten. Niemand hatte einen Grund dazu. Jonas tat, als ginge er wie immer seine Runde. Jeder Schritt war der gleiche, doch die Luft hatte einen anderen Schnitt. Er hielt den Atem an, ließ ihn wieder laufen. Auf halber Höhe blieb er stehen. Der Blick ging über den Hof, weiter bis an den Rand des Ortes. Ganz hinten hob ein Laster Staub auf, der gleich im Regen brach. Hier riss nichts in einem großen Schlag. Hier riss es, indem es jeden Tag fehlte.

Abends saß er wieder auf der Veranda. Auf dem Tisch stand eine offene Flasche, daneben lag die Kamera. Er legte die Hand auf das Gehäuse. Nicht als Trost. Als Eingeständnis. Er hatte sein Werkzeug gegen das Leben eines Menschen in Stellung gebracht und danach Metall sprechen lassen. In diesen Satz passte kein Ausweg, kein ‚wenn', kein ‚hätte'. Schuld war kein Wort, das man aussprach und dann zur Seite stellte. Schuld war ein

Gewicht, das man am Morgen mit aus dem Bett hob und am Abend neben die Stiefel legte.

Er stand auf, ging die Stufen hinunter und blieb am Rand des Hofs stehen. Der Hund setzte sich neben ihn. Kein Winseln, kein Blick, der retten wollte. Nur Gegenwart. Jonas ging weiter an die Zeilen, streifte mit drei Fingern die Unterseite eines Blattes. Es fühlte sich an wie kalte Haut. In der Ferne fuhr ein Zug. Kein Signal kündigte ihn an, er war einfach da und dann wieder weg. Jonas ging zurück ins Haus, drehte das Licht im Flur an, wieder aus, setzte sich auf die Treppe. Es gab keinen Satz, der den Riss schloss. Es gab nur Tage, die weiterliefen, und die Gewissheit, dass dieser Jahrgang nie leer getrunken sein würde. Er blieb. In Holz. In Bildern. In ihm.

Ungebetene Gäste

Mittag über dem Hof. Ostwind drückte trocken durch die Zeilen, die Hunde hechelten im Schatten der Veranda. Ein weiß-blauer Wagen rollte auf den Kies, bremste vor der Stufe. Der Fahrer stieg aus, das Hemd spannte über seinem Bauch, Sommersprossen tanzten auf der Nase. Er hob zwei Finger an den Rand der Kappe. „Meneer Hartmann?“ „Jonas.“ Die Stimme des Mannes trug diesen singenden Einschlag von Afrikaans, der selbst Fragen weich machte.

„Sergeant De Klerk.“ Ein kurzer Griff, die Hand warm, der Blick aufmerksam. Er blieb einen Moment stehen, sah in den Hof, als sähe er einen Gartenkatalog. „Sehr schön. Ordentlich. Ein gediegenes Anwesen.“ Jonas nickte. „Das sagen viele. Setzen wir uns? Ich habe einen Shiraz offen.“ De Klerk hob abwehrend die Hand, ließ sie dann sinken. „Ein kleines Glas.“

Sie nahmen auf der Veranda Platz. Zwei Gläser, der Rotwein tief wie Pflaumenschale. Einer der Hunde streckte die Pfoten aus, seufzte. Aus der Ferne drang das Klacken eines Metallhakens gegen Holz. De Klerk roch am Glas, nippte, stellte es wieder ab. Er brauchte nicht viele Worte. „Es geht um den Fluglehrer. Marcus. Stellenbosch. Seit Tagen keine Spur.“ Er zog ein kleines Notizbuch aus der Brusttasche. „Kollegen erwähnen eine Freundin. Deutsche. Verheiratet. Elena.“ Jonas ließ den Blick über den Rand des Glases gehen, als suche er im Hof eine Antwort. „Verschwunden?" De Klerk zuckte kaum merklich mit dem Mundwinkel. „So steht es im Bericht. Wann sahen Sie die beiden zuletzt?"

Jonas legte den Kopf leicht zur Seite, als müsse er ein Datum vom Kalender lösen. „Ein paar Tage her. Sie sagte, sie wolle fliegen. Sie mochte Freiheit, das passte zu ihr." Das Wort schwebte zwischen Glas und Terrassentisch wie ein Duftfaden. De Klerk blätterte nicht, notierte nichts. Er lehnte sich zurück, ließ den Blick an den Fassadenkanten entlanggleiten. Keine Hektik, kein Druck. Wer so sprach, hörte auf das, was zwischen den Sätzen lag.

Schritte auf Kies. Lethabo bog um die Ecke des Hauses, Schweiß am Kragen, Hemdsärmel hoch, in der Hand ein Klemmbrett. Er nickte zu den Gläsern, dann zu De Klerk. „Guten Tag, Sergeant." Er tat, als sei er zufällig hier, stand aber so, dass das Gespräch nicht unbemerkt blieb. „Ich meine, ich sah Elenas Wagen neulich. Stellenbosch raus, Richtung Flugfeld. Rotes Top. Das fällt auf." Er sah zu Jonas, als prüfe er, ob das zu viel war. Jonas drehte das Glas, als lausche er dem Wein. „Sie mochte Rot." De Klerk lächelte in den Bart: eine kleine Bewegung, kein Signal. „Aufmerksames Personal." Er stand auf, strich sich die Hemdenfront glatt. „Ich melde mich."

Er stellte das Glas ab, so, dass kein Tropfen überlief,

nickte beiden Männern zu, stieg ein und fuhr an. Der Staub legte sich langsam. Jonas blieb sitzen, bis die Bremsspuren im Kies nur noch Spuren waren. Als er aufstand, vibrierte das Telefon in der Hosentasche. Eine kurze Nachricht an Lethabo: *Danke*. Keine Antwort. Musste auch nicht.

Zwei Tage später, Nachmittag. Ein grauer Toyota Corolla bog auf den Hof, Kennzeichen aus Gauteng. Der Motor lief nach, dann Stille. Jonas stand am Gabelstapler, vor ihm eine Palette leerer Flaschen. Der Mann, der ausstieg, trug einen schlichten Anzug, das Hemd am Hals offen, kein Schmuck. Sehnen zeichneten sich an den Händen ab, das Gesicht lag wie gegerbt in Falten. Er blieb nicht an der Stufe stehen, er kam näher, bis Schatten auf Jonas Schuhe fiel. „Sie sind Jonas?" „Ich bin Jonas." „Ich bin Elenas Mann."

Das Wort Mann hatte Gewicht. Jonas ließ es im Mund, als müsse er die Kanten prüfen. „Was führt Sie her?" Der Besucher verschränkte die Arme, die Schultern fest, der Blick auf Linie. „Ich höre seit Wochen nichts von ihr. Keine Nachricht. Kein Anruf. Ich weiß, dass sie hier war. Ich weiß, dass Sie Kontakt hatten. Ich will wissen, wo sie ist." Die Hunde standen auf, bewegten sich zur Seite, als ahnten sie eine andere Ordnung. Jonas atmete tief, sah an dem Mann vorbei in die Zeilen, fing sich wieder. „Elena war hier. Sie flog viel. Mit Marcus, Stellenbosch. Fragen Sie dort."

„Das habe ich." Der Mann stand eine Spur näher, Jonas roch Kaffee, kalte Luft aus einer Hotelklimaanlage, diese Mischung aus Waschmittel und Müdigkeit. „Niemand sah Marcus. Niemand weiß etwas. Man sagt, Sie hätten sie als Letzter gesehen." Das Wort Letzter fiel wie ein Stein ins Becken. Die Wasserlinie blieb, als wäre nichts geschehen, und doch war alles anders. Jonas spürte, wie in seinem Kopf eine Liste aufploppte. Optionen. Wege. Risiken. „Gehen Sie zu den Behörden", sagte er, der Ton flach, die Worte aufgeräumt. „Ich habe nichts zu verbergen."

Der Mann beugte sich vor, so nah, dass seine Lippen kurz wie ein Schatten über Jonas Haut standen. „Ich bleibe. Ich finde es heraus." Kein Drohwort, keine Beleidigung. Eine Zusage.

In der Nacht fand Jonas keinen Schlaf. Er lag auf dem Rücken, sah an die Decke, zählte Knoten in der Holzmaserung. Das Haus atmete anders. Auf dem Hof rutschte irgendwo eine Kette gegen Metall. In seinem Kopf ging er verschiedene Punkte durch: Uhrzeit, Strecke, Ort, Ansprache, Preis. Er stand auf, zog Jeans und Hemd an, schlüpfte in Schuhe, nahm die Schlüssel vom Haken. Im Spiegel sah ihm ein Gesicht entgegen, das ihm vertraut war, mit einem Zug, den er an sich nicht kannte.

Die Fahrt nach Khayelitsha zog die Nacht in Streifen. Ampeln blinkten orange, ein später Bus schleppte sich über die Kreuzung. Am Rand des Townships hob sich eine Hügellinie aus Wellblech und Ziegelresten, dazwischen Wäscheleinen, Antennen, Feuerstellen. Er parkte vor einem Mini-Supermarkt, die Scheiben vergittert, Neon flackerte. Die Sonnenbrille blieb auf der Nase, obwohl die Sonne noch nicht stand. Warten. Die Luft roch nach Fett, Kohle, kaltem Rauch und einem Hauch Zucker aus den Regalen.

Drei Schatten lösten sich aus einer Seitengasse. Jung, schmale Hüften, Bewegungen mit wenig Ausschlag, als hätten sie die Gelenke geschont für schnelleres Gehen. Vorn ein Kerl mit einem Zeichen im Nacken, Krone über Klinge, frisch gestochen. Man rief ihn Fleckie. Wegen der Punkte auf der Nase, die aussahen, als hätte jemand Sand dagegen geworfen. Er trug ein Hemd, das in der Mittagssonne später brennen würde, offen bis zum Brustbein, eine Goldkette als Linie. Am Handgelenk eine Uhr, deren Steine nicht in jede Ecke passten.

Sie nickten Jonas zu, nicht kollegial, eher wie Leute, die prüften, ob sich der Weg lohnte. „Du suchst jemanden", sagte der mit der Krone im Nacken. Jonas nickte, öffnete die Autotür, nahm einen Umschlag vom Beifahrersitz, schob ihn in die Jackentasche und ging hinter den Männern in eine Wellblechhütte. Drinnen roch es nach Metall, Putzmittel, Kerosin von einer alten Kochplatte. Ein wackeliger Tisch, zwei Plastikstühle, an der Wand ein ausgeblichener Kalender mit Badelandschaft.

Jonas legte den Umschlag auf den Tisch. „Jemand stellt Fragen, die nicht gestellt werden. Er hört auf damit.“ Fleckie wog den Umschlag in der Hand, nickte kaum sichtbar. Kein Handel, keine langen Wege. Ein Name, ein Kennzeichen, ein Hotel. Nicht mehr. Jonas ließ kein weiteres Blatt fallen. Er ging rückwärts zur Tür, drehte sich erst am Rahmen. Draußen war die Luft anders, dichter, als hätte sie gerade eine Entscheidung geschluckt.

Drei Tage später lag die Cape Times auf dem Küchentisch. Ein kurzer Artikel unter der Faltung: Mietwagen eines Deutschen gefunden, verlassen am Randparkplatz, der Schlüssel steckte. Keine Spur vom Fahrer. Die Polizei bat um Hinweise. Daneben ein Foto des Parkplatzes, gelbe Grasbüschel, Betonpfosten, im Hintergrund eine Leitplanke. Jonas hätte das Bild anders gerahmt. Er legte die Zeitung zusammen, strich die Kante glatt. Auf der Veranda stand ein Glas, wieder Shiraz. Er hob es an, doch der Schluck blieb im Hals, als hätte jemand Kreide hineingebröselt. „Auf die Familie“, sagte er, und es klang, als spreche es jemand hinter ihm.

Die Tage danach hatten eine neue Haut. Ein silberner Wagen fuhr zweimal am Hof vorbei, drosselte, fuhr weiter. Nachts hielt ein Motorrad am Zaun, der Motor lief, der Motor erstarb. Lethabo kam früher als sonst, blieb länger, stellte Fragen zu Pumpen, Drücken, Hölzern, die keine Antworten brauchten. Jonas zählte Flaschen, prüfte Etiketten, ging mit Listen durch Räume. Er redete mit Arbeitern über Rebschnitt, über die Hitze, die in den Boden kroch. Seine Sätze waren korrekt. In ihnen fehlte ein Wort, das er nicht mehr fand.

De Klerk kam wieder, diesmal zu Fuß den Weg hoch, eine Kappe in der Hand, als käme er von einem Spaziergang. Er blieb vor der Treppe stehen. „Wir suchen weiter." Keine Vorwürfe, keine Theorien. Er blickte zum Fasslager, zu den Hunden, zu Jonas Händen. „Der Wein von neulich war gut." Jonas nickte, griff nach der Türklinke, hielt inne. „Der Jahrgang hat Gewicht." De Klerk sah ihn an, setzte die Kappe auf. „Dieses Gewicht kennt keine Waage", sagte er und ging.

Am Abend stand Jonas im Keller, allein. Die Kühle kroch die Stufen hoch, das Licht stand in trüben Kreisen. Ganz hinten der Schatten, in dem das alte Fass lag. Ein Tropfen löste sich am Eisenring, lief langsam nach unten, zog eine Linie. Er blieb stehen, bis die Linie die Rinne am Boden erreichte. Von draußen drang kein Geräusch herein. Er legte die Stirn an Holz, spürte die winzigen Unebenheiten im Lack. Mit der freien Hand griff er nach der Kamera. Er hob sie nicht. Er hielt sie nur. In der Linse spiegelte sich ein Körnchen Staub, das in der Luft stand, ohne zu fallen.

Am nächsten Morgen war der Corolla nicht mehr in seinem Kopf, der Artikel nicht mehr auf dem Tisch. Es blieb ein Kratzen im Hals, das nicht von Rotwein kam. Jonas ging zum Brunnen, pumpte Wasser in die Zinkschüssel, tauchte die Hände ein. Die Linien der Fingerkuppen brannten, als wären sie bis auf die Nerven freigelegt. Als er die Hände hob, rann Wasser an den Unterarmen, tropfte auf den Kies. Jeder Tropfen fand einen Platz und keiner hinterließ eine Spur. Nur Jonas sah Spuren. In jeder Pfütze lag ein Stück Himmel, das nicht passte.

Umschlag im Staub

Khayelitsha. Die Sonne hob sich über den Rand der Wellblechhütte. Miriam wachte auf. Die Luft stand im engen Raum, süß vom Atem der Kinder, schwer vom Restwärmeschimmer des Kohleofens. Sie zog das Tuch bis an den Hals, hörte hinaus. Hunde gaben Laut, ein Baby fiel in einen heiseren Schrei, aus der Entfernung vibrierte das erste Minibus-Taxi durch die Straße.

Sie glitt in die Plastiksandalen. Der gelbe Kanister wartete neben der Tür, verkratzt, doch dicht. Miriam hob ihn an die Hüfte, hakte den Arm darum. Wasser zuerst.

Der Weg schnitt durch Gassen, so schmal, dass zwei Schultern kaum aneinander vorbeikamen. Hüttendächer lagen unter Steinen, alte Reifen hielten Bleche, die der Wind sonst anhob. Vor einer Tür hockte ein Junge. Er schob einen Draht über den Boden, den er zu einem Auto gebogen hatte, Vorderräder aus Kronkorken. Miriam nickte, der Junge grinste und ließ das Drahtauto an einem Stein vorbeikurven, als gäbe es dort eine Ampel.

Am Hahn standen Frauen in Reihe, bunte Tücher hielten Haare zurück, Arme stützten Kanister. Der rostige Auslauf gluckerte in Kunststoff, Metall schabte an Metall. „Gestern stand die Leitung still“, sagte eine Frau mit einer Narbe an der Stirn. „Ich ging bis zur Schule." Eine andere hob den Deckel vom Kanister, prüfte mit der Hand die Füllhöhe. „Heute läuft es." Das bekannte alltägliche Geplänkel.

Miriam balancierte den Kanister heim, goss Wasser in den großen Eimer um. Auf dem Herd begann das Wasser im Topf zu singen. Tee für sie, Tee für die Kinder. Vom Brot schnitt sie dünne Scheiben ab, legte für die Jüngste ein Stück Zucker dazu. Das Gesicht des Mädchens öffnete sich, als hätte jemand Licht angeknipst.

Heute war Arbeitstag. Constantia. Putzen bei einer Frau mit Alarmanlage und Rasenbewässerung. Miriam band das Kopftuch, zog die sauberste Bluse über. „Du brauchst das nicht, Ma", sagte Lionel, der älteste Sohn. Er stand im Türrahmen, das Hemd offen, die Kette lag auf der Haut. „Ich bringe Geld." Miriam hielt seinen Blick. „Ich will deines nicht." Er zuckte mit den Mundwinkeln, so knapp, dass man es leicht übersah, und trat einen Schritt zurück, damit sie passieren konnte.

Das Minibus-Taxi schob Körper an Körper. Die Schiebetür stand offen, der Kassierer hing halb draußen und rief Ziele. Musik pumpte vom Armaturenbrett, Münzen klirrten im Beutel. Unter der offenen Tür flog Khayelitsha vorbei: Dächer, Kabel, Schuluniformen, Staub. Dann änderte sich die Kulisse. Mauern stiegen, Elektrozäune summten, Auffahrten glänzten. Zwei

Welten ohne Schlagbaum, nur ein paar Straßen dazwischen.

In Constantia roch es nach Zitrusreiniger, nach frischem Stoff, nach Klima. Miriam wischte Böden, schrubbte Fugen, leerte Mülleimer. Ihre Hände fanden von selbst den Griff, die Drehung, den Druck. Auf dem Nachttisch stand ein Fotorahmen: Vater, Mutter, zwei Kinder vor einem Pool, das Wasser so blau, dass es wehtat. Miriam rückte ihn gerade und wandte sich ab. Zu langes Schauen fraß.

Zurück im Minibus roch es nach Zement, nach Schweiß, nach Bier ab vier. In der Hütte stellte Miriam den Eimer ab, setzte einen Topf auf, rührte Pap, streute Bohnen hinein. Die Kinder kamen angeschossen, Haare voller Staub, Knie aufgeschürft. Nach dem Essen bauten sie vor der Tür Häuser aus Steinen, die am Abend wieder verschwanden.

Mit der Dämmerung änderte sich der Ton der Gasse. Stimmen hoben an und kippten, Glas brach, die Hunde jagten eine Silhouette bis ums Eck. Miriam zog den Riegel vor, eine simple Stange, die in Holz griff. Sie nahm die Kleinste auf den Schoß, hielt den Atem ruhig und zählte in Gedanken die Perlen des Rosenkranzes, der an einem Nagel neben der Tür hing. Die Nacht zog auf. Irgendwo knallte es, dann wieder Stille, die keine Ruhe war.

Der nächste Morgen tat, als sei nichts geschehen. Die Sonne stand über den Dächern, die Wäsche hing reglos. Miriam spülte die Schüsseln vom Vortag. Wasser lief über ihre Fingerknöchel, die Haut dort war vom Reiniger rissig geworden. Sie trat hinaus, hängte die Bluse auf die Leine. Staub hob sich in einer Welle, drei Gestalten kamen. Vorn Lionel. Ein Hemd mit Muster, offen am Kragen, an der Hand ein leichter Schwung, als führte er unsichtbare Fäden.

„Ma", sagte er und blieb an der Tür. „Du gehst wieder nach Constantia?" Miriam nickte. „Heute ja." Lionel sah die Kinder an, zählte sie wie immer durch, als hätte er einen Auftrag. „Ich war am Shop", sagte er. „Ein Weißer stand da. Sonnenbrille, Hände in den Taschen. Er suchte." Miriam sah ihn an, ohne die Stirn zu runzeln. „Was er sucht, findet dich, wenn du hinläufst." Lionel schob die Zunge gegen den Zahn, an dem Gold blinzelte. „Ich laufe nicht. Ich komme nur an Orte, an denen ich schon bin."

Er trat in den Raum, strich mit den Fingern über einen Riss in der Wand, als prüfe er, ob das Haus atmete. Dann ging er wieder, so geräuscharm, als hätte er nie Gewicht auf die Dielen gebracht.

Mittags saß Miriam hinter der Hütte auf der Kiste. Die Kleinste schlief mit offenem Mund. Die beiden Großen stritten um eine Glasperle, als sei sie ein Juwel. Miriam legte die Hände vor das Gesicht, sah die Linien in ihren Handflächen. In einer lag Lionel als Baby. In einer kam er mit zehn vom Fußball, die Knie offen, Blut mischte sich mit Staub. In einer anderen kehrte er zu spät heim, die Luft an ihm roch fremd.

Gegen Abend zogen Frauen an der Hütte vorbei. Eine stapelte Plastikstühle, eine andere trug Brote auf dem Arm. Jemand berichtete von einer Razzia in den Blocks. Namen flirrten durch die Luft, setzten sich nicht. „Dein Lionel war nicht dort", sagte die Nachbarin, mehr Behauptung als Frage. Miriam setzte den Kochtopf ab, wischte den Rand ab und stellte ihn wieder hin. „Mein Lionel steht vor meiner Tür, wenn ich rufe."

Später setzte Lionel sich auf die Stufe, neben ihn glitt ein Schatten von einem der Jungs, die man in der Gasse oft sah. „Ma, ich gehe noch raus." „Wohin?" Er sah zur Seite. „Arbeit." Miriam ließ den Löffel sinken. „So nennt ihr das." „So heißt es, wenn am Ende Geld daliegt." Er trat näher, roch nach Parfum, das nicht aus dieser Hütte kam, dazu lag eine Note Metall in der Luft. „Iss erst", sagte sie. „Pap und Fleisch." Er nahm den Teller, aß, ohne aufzublicken, stellte ihn zurück, wischte mit dem Daumen über den Rand, als wolle er eine Spur tilgen.

Die Nacht legte die Gasse in Dunkelheit. Ein Motor hielt, stand, setzte zurück, fuhr weiter. Ein Feuerzeug klickte draußen zweimal, dann Stille. Lionel ging.

Miriam blieb auf der Kiste, die Hand lag auf dem Rosenkranz, sie zählte nicht, sie hielt nur den Finger an einer Perle fest, bis es weh tat.

Drei Gassen weiter saß Lionel in einer Wellblechhütte auf einer Bierkiste. Die Luft schmeckte nach Fett und kaltem Rauch. Auf dem Tisch lag ein zerkratztes Handy, daneben ein Notizblock mit drei Zahlenfolgen, Hotel, Kennzeichen, Uhrzeit. „Der Deutsche aus Gauteng", sagte einer der Jungs. „Immer die gleiche Karre. Fragt rum." Lionel nickte. „Es reicht ein Parkplatz am Rand. Der Mann ist neu hier. Er kennt unsere Ränder nicht." Jemand lachte, kurz, ohne Humor. Es brauchte keine Reden. Eine Linie aus Punkten war zu erkennen.

Am Folgetag blieb Miriam im Township. Die Frau aus Constantia schickte eine Nachricht, sie brauche heute niemanden. Miriam schrubbte die Wellblechwand, als ließe sich Rost herauspolieren. Gegen Nachmittag kam Lionel. Er legte einen Umschlag auf den Tisch, legte die Hand darauf. „Für dich." Miriam sah ihn an. „Ich will nichts, was dich von mir wegzieht." Lionel schob den Umschlag heran. „Dann ist es für sie", sagte er und deutete mit dem Kinn auf die Kinder. Miriam hob den Stoff am Ofen und schob den Umschlag darunter. Ihre Finger blieben ruhig.

Zwei Tage später lag die Cape Times auf dem Tresen eines Spaza-Shops. Ein kurzer Text:

Mietwagen eines Deutschen am Stadtrand gefunden,

Schlüssel steckten, der Fahrer ist verschwunden.

Ein Foto zeigte einen grauen Toyota schief im Gras, dahinter die Leitplanke. Miriam verfolgte mit dem Blick die Linie der Leitplanke bis zum Bildrand, legte die Zeitung ordentlich zurück, bezahlte Mehl und Seife und ging.

Abends setzte sich Lionel auf die Stufe. „Ma, ich komme später heim." „Komm." Er nickte, die Kette klirrte gegen den Knopf am Hemd. Miriam sah seine Hände an. Sauber wie nach einem Fest. Reinheit sagt nichts, dachte sie, Schmutz auch nicht. Sie sagte nichts. Er stand auf, streifte ihr im Vorbeigehen über die Schulter, als prüfe er, ob sie da war.

Am nächsten Morgen war Lionel früh am Hahn. Er hob den Kanister auf die Schulter, als wöge er weniger als die Jahre, die er mit sich führte, brachte ihn bis an die Hütte. „Heute trage ich das Wasser", sagte er. Miriam nickte. Die Kleinste griff nach seiner Kette und wickelte den Finger darum, bis die Spitze weiß wurde. Lionel löste den Ring behutsam, küsste sie auf die Stirn und stellte den Kanister neben die Tür.

Später sah Miriam den Mann mit der Sonnenbrille noch einmal am Laden. Er stand nicht mehr, er ging, stieg in ein Taxi, das zu früh bremste, die Räder quietschten. Die Musik im Wagen sprang eine Stufe höher. Der Staub setzte sich wieder. Miriam blieb, bis die

Luft klar war, und drehte sich erst dann um.

Am Abend öffnete sie den Umschlag. Sie zählte nicht. Von dem Geld holte sie Mehl, Zucker, zwei Stücke Fleisch, Seife, Kerzen. Auf dem Herd kochte Wasser, die Kinder zankten um den Platz an der Tür, wo der Luftzug am stärksten war. Miriam stand in der Öffnung, sah in die Gasse. Über den Dächern hing Rauch, darüber ein Streifen Blau. Ein Vogel zog eine Linie von links nach rechts, so schnell, dass nur der Schatten am Blech hängen blieb. Sie atmete ein, hielt den Atem einen Moment, gab ihn wieder her. Der Tag stand. Nichts hielt er fest, und doch lag etwas auf ihm, das nicht mehr wegging.

Kronenstich

Khayelitsha, tiefe Nacht. Aus einer Garage wummerte Musik, als zittere das Blech im Takt. Taxis kamen und verschwanden, die Scheinwerfer zogen helle Schlitze über den Staub. Lionel Adams stand im Schatten eines Pfostens und beobachtete die Gasse. Sommersprossen sprenkelten seine Nase, die Kette auf der Brust lag kühl auf der Haut. Ein Junge reichte ihm eine Nachricht, nur ein Wort, ein Ort, eine Uhrzeit. Lionel nickte kaum merklich und schob den Zettel in die Tasche.

Er war hier geboren worden, nicht im Krankenhaus, sondern in einer Wellblechhütte mit Flecken an der Decke. Seine Mutter hatte den Namen Miriam auf eine Bibelseite geschrieben, daneben stand sein Geburtsdatum, weil es keine andere Stelle gab, an der so etwas blieb. Ein Nachbar kochte Wasser auf einer Kochplatte, der Gestank vom Paraffin mischte sich mit dem Geruch nach Blut und Seife. Draußen huschten Kinder vorbei, barfuß, als setzten sie keine Spur. In dieser Nacht lernte seine Mutter, was es hieß, einen Körper in eine Welt zu bringen, die den Atem prüfte, bevor sie jemandem Platz machte.

Die ersten Jahre vergingen zwischen Sand und Abfällen. Die anderen Kinder riefen „Fleckie“, und jedes Mal musste Lionel entscheiden: ausweichen oder stehen. Mit zehn verstand er, dass Weglaufen nur den Rücken freigab. Also blieb er und holte sich Steine, Stöcke, was griffbereit lag. Hände blieben aufgeschürft, Ellenbogen vernarbten, doch sein Kopf lernte schnell, aus Gesichtern die Richtung zu lesen, in die der nächste Schlag kam.

Miriam kam spät heim. Constantia machte sie müde. Sie stellte den Eimer ab, roch nach Zitrusreiniger und Seife. „Lionel", sagte sie und hielt ihm die Stirn, um Fieber zu prüfen, selbst wenn er keines hatte. „Gott sieht alles." Lionel sah auf ihre Hände. Sie waren rissig vom Putzen, das Weiß in den Rissen schmerzte, wenn sie den Finger bog. Er nickte, weil sie es brauchte. Am nächsten Morgen holte er ein Fahrrad, das einem Mann gehörte, der nie wusste, wohin er seine Kinder abends legte. Lionel rollte es an, sprang auf, stemmte die Knie gegen den Rahmen, als fahre er irgendwohin, wo niemand ihn Fleckie nannte.

Mit dreizehn stand er neben Älteren, die vor einer Tankstelle die Kapuze ins Gesicht zogen. Er bekam keinen Anteil, aber Blicke, die nicht spotteten. Zum ersten Mal fiel sein Name ohne Stachel. Er merkte, wie warm Respekt sein konnte, wenn man ihn einmal spürte.

Pollsmoor kam früh. Sechzehn Jahre alt, ein Messer, ein Telefon in der Tasche, das ihm nicht gehörte. Drei Monate Jugendhaft. Die Gitterstäbe waren dicker als seine Handgelenke, die Matratze roch nach Ammoniak.

Ein Mann mit tätowierten Knöcheln zeigte ihm, wann man den Blick senkte und wann man ihn hielt. An den Wänden waren Zahlen zu sehen, die eine Geschichte erzählten, doch niemand erklärte sie. Lionel verstand, dass Sätze in diesem Haus selten zu Ende gesprochen wurden. Er lag nachts auf dem Rücken und hörte Schritte im Gang zählen, bis er den Rhythmus kannte. Er ging raus, als hätte man ihm das Blut einmal kochen lassen und danach wieder eingefüllt, nur kälter.

Zurück auf der Straße veränderte sich sein Körper nicht, sein Blick jedoch bekam Tiefe. Er blieb der Schlanke, der in der Menge verschwand, nur die Sommersprossen machten ihn unverwechselbar. Er trank nicht, er nahm keine Drogen. Er mochte klare Kanten im Kopf. Er baute sich eine kleine Truppe aus fünf Jungs, dann wurden es mehr. Er redete wenig, und wenn er den Mund öffnete, hörten die anderen zu. Wer ihm in die Quere kam, lernte Grenzen kennen. Es reichte oft, einem Mann die Einkaufskiste umzukippen, damit er begriff, dass sein Laden an einem anderen Abend noch stehen sollte.

Miriam sah ihm an, dass er Geld hatte. Sie fragte nicht danach. Er legte Umschläge auf den Tisch, die sie unter ein Stofftuch schob, ohne sie zu öffnen. „Für die Kinder", sagte er, damit sie etwas nahm. Sie nickte und setzte den Topf auf, Pap und Bohnen, manchmal Fleisch, wenn der Preis auf dem Markt fiel. Sie spannte die Wäscheleine neu, flickte Hemden, zog die Schuhe der Kleinen fest. An Sonntagen zog sie ihn an der Hand zur Kirche, er ging mit, stand hinten, steckte die Hände in die Taschen und hörte zu. Er kannte die Psalmen nicht auswendig, doch er mochte die Stimme der Frauen, wenn sie die Töne fanden, die jede Hütte in eine andere Luft tauchten.

Er wuchs in Aufgaben hinein, die hier Macht hießen. Er markierte auf einem zerknitterten Plan die Wege, an denen man abtauchte, wenn die Uniformen sich blicken ließen, und er wusste, wann die Lieferungen der Händler kamen, die seine Jungs begleiteten. Ihm war bekannt, welcher Polizist für eine Kiste Zigaretten zwei Minuten länger in der Seitenstraße anhielt. Er wusste, wer aus dem Viertel ging, um Dinge zu besorgen, die es im Viertel nicht gab.

Es gab Nächte, in denen er in der Garage mit der Musik stand und die Gasse ansah, als sei sie ein Schachbrett. Kronkorken wurden zu Figuren. Ein oberer Rand stellte die Teestube dar, zwei Felder weiter lag der Spaza-Shop, hinter der Ecke stand die Hütte mit der blauen Tür, in der ein Mann wohnte, der zu viel fragte. Wenn Lionel einen Kronkorken verrückte, liefen zwei Jungs los. Meist genügte ein Besuch, ein Satz nahe am Ohr, der nicht wiederholt werden musste. Gewalt war ein Werkzeug.

Die Polizei sah weg, wenn es in ihren Plan passte, und

tauchte auf, wenn sie Punkte brauchte. Ein Sergeant stoppte einmal an der Gasse und stieg aus, die Hände auf dem Gürtel, der Blick ruhig. „Du bist Lionel", sagte er. „Du gehst mir nicht in die Quere, ich gehe dir nicht in die Quere." Lionel hielt den Blick. „Ich gehe überall hin", sagte er. Es blieb dabei, dass beide das sagten und beide wussten, wie dünn so ein Satz war, wenn er im Staub lag.

Seine Jungs verehrten ihn und hatten doch Furcht vor dem Moment, in dem er die Hand auf die Schulter legte. Ein Fehler an der falschen Stelle bedeutete Pause, manchmal Aus. Er brach keine Finger für Kleinigkeiten. Er nahm Zeit. Wer eine Linie übertrat, durfte eine Woche lang nicht mitlaufen. Wer ihn belog, stand allein in einer Gasse, in der niemand zufällig vorbeikam. Lionel hatte Geduld, weil Geduld verlässlich war.

Er mied die weißen Viertel aus Kalkül. Constantia und die engen Straßen von Stellenbosch hatten ihre eigenen Gesetze. Er schickte andere vor und blieb im Viertel, das ihn kannte. Die Gräben waren tief, doch für das Geld galten die gleichen Wege.

Dann tauchte der weiße Mann auf, Sonnenbrille, Hände in den Taschen, das Gewicht auf dem falschen Fuß. Lionel sah, wie die Gasse auf ihn reagierte: ein kurzes Stillwerden, dann ein Raunen. So einer war nicht da, um Brot zu kaufen. Miriam stand in der Tür und tat, als sähe sie ihn nicht. Lionel strich über den Nacken, dort, wo die tätowierte Krone über der Klinge saß. Er schob das Kinn vor und ließ sich Zeit für den Weg zur Hütte mit dem wackligen Tisch.

Der Mann sprach nicht viel. Er legte den Umschlag hin, der die Luft veränderte. Innen lag kein Almosen, innen lag ein Auftrag. Ein Kennzeichen, ein Hotel, eine Strecke am Rand der Stadt, auf der man leicht stehen blieb, ohne dass jemand fragte, warum. Lionel sah auf den Umschlag, nicht auf den Mann. Er mochte es, Dinge auf dem Tisch zu haben, nicht im Mund. Er nickte, ohne den Zettel zu berühren, und sah dem Deutschen in die Augen. Nicht lange, aber lange genug, um zu wissen, dass er in dieser Nacht nicht schlafen würde.

Seine Jungs hockten auf Bierkisten. Einer ließ das Feuerzeug klicken, dann steckte er es weg, damit die Flamme kein Signal setzte. „Gauteng“, sagte der mit der Narbe an der Lippe, „grauer Corolla.“ Ein anderer kannte den Parkplatz, der selten bewacht war. Lionel hörte zu und strich mit dem Fingernagel über die Kante des Tisches, bis ein kleiner Span abstand. Er drückte ihn wieder an. „Kein Theater“, sagte er. „Kein Wort zu viel.“ Das war der Kern seiner Regeln. Raus, rein, Ende.

Er ging danach zu Miriam. Sie rührte im Topf, der Deckel klapperte, Dampf lief an der Wand herunter. „Iss“, sagte sie und stellte ihm eine Schale hin. Er setzte sich auf die Kante der Kiste und schluckte, ohne zu schmecken. „Bleib heute da", sagte sie. Er legte die Hand auf den Tisch, seine Finger bohrten sich in die Maserung. „Ich komme zurück." Sie nickte. Nicht weil sie daran glaubte. Weil er es brauchte, dass sie nickte.

Am Rand der Stadt standen Pfosten schief im Gras. Die Leitplanke zog eine graue Linie, die in den Himmel stach. Der graue Corolla parkte schräg, als hätte jemand es eilig gehabt. Näher am Wagen roch es nach warmem Kunststoff. Lionel ging nicht allein. Der Junge mit der Narbe blieb beim Straßenrand, der Dritte stellte sich so, dass die Scheinwerfer ihn nicht trafen, falls jemand den Motor anmachte. Die Tür ging auf, Fragen kamen nicht. Dinge liefen, wie sie laufen sollten, wenn ein Umschlag die Richtung vorgab.

Zwei Tage später entdeckte Miriam die Meldung in der Cape Times. Ein kurzer Text, ein schmales Foto. Lionel sah das Bild später im Shop, zog die Zeitung an den Rand und betrachtete die Ausrichtung des Wagens. Er mochte Ordnung. Das hier war keine. Er zahlte sein Brot, ließ ein paar Münzen extra auf dem Tresen liegen. Der Ladenbesitzer schob sie zurück. „Die Preise steigen." Lionel schob die Münzen wieder hin. „Heute nicht."

Er brachte Miriam einen Umschlag. „Für die Kinder", sagte er. „Für Schuhe. Für Mehl." Miriam legte den Umschlag unter das Tuch neben dem Ofen, wischte sich die

Hände an der Schürze trocken und stellte die Tassen auf den Tisch. „Am Sonntag kommst du mit mir“, sagte sie. Er nickte. „Ich stehe hinten.“ „Ich weiß, wo du stehst.“ In ihrer Stimme lag nichts, das ihn schnitt, und genau das traf ihn.

Nachts saß er wieder vor der Garage mit der Musik. Ein Motorrad fuhr vorbei, die Maschine knurrte in den Gassenwänden. Ein Mann blieb kurz am Zaun stehen, zog die Kappe ab und setzte sie wieder auf. Lionel sah ihn nicht an, er sah auf die Schuhe. Man lernte viel aus Schuhen. Der Mann ging weiter. Der Staub setzte sich, als wäre nichts geschehen.

Er ging den Rundgang, den er jeden Abend machte. Vor dem Spaza-Shop stand der Junge mit den Kronkorkenrädern, nur größer. „Mach deine Schule“, sagte Lionel. Der Junge zuckte mit der Schulter. „Ich kann zählen.“ „Zählen reicht nicht. Zählen ohne Kopf macht Schulden.“ Der Junge grinste und hielt die Kronkorken hoch. Auf einem standen fünf Sterne, auf einem anderen nichts. Lionel steckte den ohne Stern in die Tasche. „Der bringt dir Glück“, sagte er. Der Junge nickte, als hätte er eine Aktie gezeichnet.

Später in der Hütte nahm Lionel den Plan vom Tisch. Er strich ihn glatt, legte die Kronkorken auf die Ecken, damit der Wind ihn nicht hob. Er markierte den Parkplatz am Rand der Stadt mit einem Kreuz. Ein einziges.

Keine Legende, keine Anmerkung. Er brauchte keine Worte, um zu verstehen, was ein Kreuz bedeutet. Er blies die Lampe aus, setzte sich auf die Kante des Betts und lauschte dem Puls der Gasse. Ein Hund bellte, jemand lachte zu laut, der Rest war Atem.

Am nächsten Morgen stand er am Hahn, bevor sich die Schlange bildete. Der Wasserstrahl schoss aus dem rostigen Auslauf, er hielt den Kanister schräg, damit es nicht schäumte, wuchtete ihn auf die Schulter und ging langsam, damit kein Tropfen überlief. Vor der Hütte stand Miriam. Sie sah ihn an, als sei er älter geworden über Nacht. „Heute trägst du das Wasser“, sagte sie. Er nickte. Die Kleinste griff nach seiner Kette und wickelte sie um den Finger, bis die Spitze hell wurde. Er löste den Ring behutsam, küsste das Kind auf die Stirn und stellte den Kanister neben die Tür.

Abends setzte er sich auf die Stufe, die Knie offen, die Hände aufgestellt. Miriam kochte, der Dampf beschlug das Fenster. „Du kommst am Sonntag“, sagte sie, ohne sich umzudrehen. „Ich stehe hinten“, sagte er. „Ich weiß, wo du stehst“, erwiderte sie. Er sah auf seine Finger. Die Haut war sauber, die Nägel waren glatt. Reinheit sagte nichts aus. Schmutz auch nicht. Nur die Lücke in seinem Kopf sprach, dort, wo das Kreuz auf dem Plan stand.

Die Musik in der Garage verstummte, als jemand den Stecker zog. Für einen Atemzug wirkte das Leben in der

Gasse wie angehalten. Lionel hob den Kopf. In dieser Stille hörte er die Stadt atmen, als läge sie auf der Seite und horchte in den Boden. Dann sprang irgendwo ein Motor an, Kinder lachten, das Radio erklang wieder. Er stand auf, strich das Hemd glatt und ging einen Schritt in die Nacht. Sein Schatten begleitete ihn. In Khayelitsha wusste man, dass die Wege hier selten geradeaus liefen. Man kam an. Nur selten dort, wo man losgegangen war.

Siegelbruch

28 Buitenkant Street, Kapstadt. Der Kaffee hatte zu lange auf der Platte gestanden, schmeckte nach Pappe. De Klerk nahm trotzdem einen Schluck. Das Telefon vbrierte. Ein alter Kontakt meldete sich, die Stimme gedämpft, der Atem hörbar.

„Ocean Freight. Kisten mit ‚Audio Systems'. Das Gewicht passt nicht. Ich schicke dir ein Bild."

Eine Minute später sah er das Foto auf dem Display: Gewölbte Plane, straffe Gurte, ein Sattelschlepper schräg auf dem Hof. De Klerk zog die Jacke über, nahm den Schlüssel vom Haken und war unterwegs, bevor der Becher geleert war.

Paarden Eiland. Blechdächer, quietschende Schlösser, Motorenlärm. Auf dem Hof lag eine Spur Diesel im Staub wie ein dunkler Pinselstrich. De Klerk ging in die Hocke. Neben dem groben Profil des Trucks war die schmalere Zeichnung eines Bakkies zu sehen, außen stärker abgenutzt. Frisch. Er legte den Finger in die Kante. Staub blieb an der Haut hängen.

Ein Mann mit Latzhose kam näher, Zigarette am Mundwinkel, Blick knapp unter Augenhöhe. „Was wollen Sie?"

De Klerk klappte den Ausweis auf und wieder zu. „Lieferung von gestern. Wer hat geladen, wer ausgeladen?"

„Elektronik. Alles normal." Asche fiel, ein Schuh trat. Ohne Luft zu holen, kam der nächste Satz.

„Name der Spedition steht auf Ihrem Tor. Ocean Freight Solutions. Ich brauche Ihren Ansprechpartner."

„Büro."

„Dann holen Sie ihn."

Der Mann ging, den Rücken steif. De Klerk fotografierte die Abdrücke, setzte eine Blechschraube daneben, damit die Proportionen später stimmten. Ein streunender Hund blieb stehen, hob kurz den Kopf und trottete weiter, als hätte er in diesem Hof schon viel gesehen.

Am Abend parkte De Klerk zwei Blocks entfernt, beobachtete den Eingang vom Schatten eines Schrotthändlers aus. Ein Truck rollte an, am Planenrand frische Nähte. Zwei Arbeiter luden Kisten auf ein kleineres Fahrzeug um. Sie trugen Aufkleber: *Audio Systems*. Beim dritten Kasten gab der Mann links einen Laut von sich, der die Aufkleber Lügen strafte. Kennzeichen, Uhrzeit, Richtung – alles landete in seinem Heft. Der Bakkie fuhr nicht zum Hafen, sondern hinaus, dahin, wo der Asphalt

Wellen schlug und nur spärlich Laternen standen.

Mittwoch, Green Point. Der Jazzclub war halb Keller, halb Zeitkapsel. Saxophon, Trompete, Whiskey in stumpfen Gläsern. Van Rensburg fiel auf: Krawatte zu schmal, Anzug zu neu, die Art zu sitzen zu sicher. De Klerk wartete, bis der Mann aufstand und den Flur zur Toilette nahm. Neon flackerte. Die Tapete hatte Stellen, an denen Hände öfter lagen.

„Schöner Abend", sagte De Klerk und trat einen Schritt zur Seite.

Van Rensburg musterte ihn. „Geht es um mich?"

„Ihre Kisten. Zu schwer für Lautsprecher."

Ein Atemzug, zu lang. Die Stirn glänzte. „Was wollen Sie hören?"

„Einen Namen."

„André Marais." Die Stimme war plötzlich flach. „Mehr nicht."

„Wo findet man ihn?"

„Sie finden ihn. Er mag Orte ohne Quittungen."

De Klerk ließ den Mann stehen, setzte sich wieder an die Bar und sah eine Weile auf die Bühne. Der Saxophonist hielt den Ton, als würde er die Zeit anhalten.

Fäden zum Weingut

Morgens roch die Wache nach kaltem Kaffee und Linoleum. Der Tresen wies Brandflecken und Kerben auf, die schon dagewesen waren, als De Klerk anfing. Er unterschrieb Eingänge, legte Akten beiseite, die wie Backsteine wogen. Funk brach durch, fünf Meldungen in zehn Minuten. Eine Nacht wie so viele: Tote in den Flats, ein Raub in Mitchells Plain, ein Auto ohne Halter in Woodstock. Zahlen füllten Tabellen, aber das Gefühl dahinter kannte keine Spalte.

Er griff nach einem Ordner. Marcus van der Westhuizen. Vierundvierzig, Fluglehrer, seit Tagen verschwunden. Kein Junkie, kein Streuner. Ein Mann mit Terminen, bis die Termine verschwanden. Eine Notiz am Rand: *private Probleme*.

Ein Vorname tauchte auf, mehrfach genannt, nie mit Adresse: *Elena*.

Stellenbosch, Flugfeld. Der Windsack hing an der Seite, die Cessnas standen in Reihe. Abgas stach in der Nase. Der Leiter der Schule stellte zwei kleine Tassen hin. „Marcus war zuverlässig“, sagte er und hielt die Tasse fest. „Er sprach von Ärger daheim.“

„Eine Frau?“

„Er hatte Charme. Man sah ihn mit einer Deutschen, öfter. Elena.“

„Und Jonas Hartmann?"

„Der Fotograf? Wein? Er war hier."

Draußen fiel Schatten hart auf Beton. Ein junger Mann trug Kanister; der Sprit glitzerte am Rand und lief in einem schmalen Faden über den Boden. De Klerk steckte das Heft ein. Genug gehört. Er fuhr in die Hügel.

Das Weingut lag abseits. Ein Hund schob sich unter einer Ladefläche hervor, legte sich wieder. Jonas stand am Gabelstapler, setzte eine Palette leerer Flaschen so genau ab, als wolle er den Boden prüfen. Schweiß rann die Schläfe herab.

„Inspektor De Klerk."

„Herr Hartmann. Ich frage nach Marcus. Und nach Elena."

„Marcus parkt sein Auto am Flugfeld. Sie wissen es. Elena ist weg."

„Seit wann?"
„Lange genug, dass niemand mehr auf sie wartet."
„Hat sie hier übernachtet, bevor sie weg war?"

„Das ist keine Pension."

Zwischen ihnen stand die Hitze wie eine Wand. Metall klirrte aus der Halle. Lethabo kreuzte mit Klemmbrett, nickte knapp und verschwand. De Klerk ließ den Blick an den Fassreihen haften. Holz. Eisenringe. Kühle. Ein Ort, an dem Dinge verschwinden konnten.

„Ich komme wieder", sagte De Klerk.

„Dann trinken Sie das nächste Mal Wasser, sonst dehydrieren Sie mir noch auf dem Hof."

Zwei Tage darauf meldete der Pförtner am Flugfeld einen grauen Wagen. Marcus Corolla, sauber, verriegelt, der Tank halb voll. Keyless-System. Innen der Geruch nach Kunststoff, Leder und einem Hauch Parfum, das nicht nach Männerduschgel roch. Auf dem Teppich roter Staub wie von einem Parkplatz am Stadtrand. De Klerk stand in der Tür und atmete flach. Keine Spuren von Kampf. Kein Zettel.

Pollsmoor. Beton und Draht, eingeklemmt zwischen Hügeln. Drei Türen, drei Schläge. Besuchsraum, Luft schwer, Gesprächsfetzen, Augenpaare, die in keine Richtung wollten. De Klerk setzte sich einem Mann gegenüber, dessen Oberlippe von einer alten Narbe schief stand.

„André Marais."

Der Mann rieb Daumen und Zeigefinger, als hielte er eine unsichtbare Zigarette. „Nicht hier."

„Dann nennen Sie mir einen Ort."

„Hafen. Dort, wo Siegel in Taschen wandern."

„Wer steckt dahinter?"

„Fragen kostet. Ich will Musik."

„Niemand hat noch Kassetten."

„Dann besorgen Sie eine. Wer Musik besorgt, findet Männer. Sie wissen, wie das läuft."

De Klerk stand auf. Er kannte den Handel. Er mochte ihn nicht.

Hafen. Möwen kreisten, Schiffe brachten Salz in die Luft. Ein Container stand offen, ein Aufseher schrieb Nummern. Ein Arbeiter ließ ein Siegel in die Tasche gleiten und tat so, als kratzte er sich am Gürtel. Das war keine große Geste. So baute man Systeme, die bestand hatten, auch wenn Namen wechselten.

Abends in Gardens hing De Klerk die Waffe an den Haken. Jazz füllte die Wohnung, Miles auf Vinyl, die Nadel knisterte in der Rille. Ein Glas Brandy. Der erste

Schluck erzeugte für kurze Zeit Wärme im Bauch. Er ließ sich in den Sessel fallen, zog die Schuhe aus und starrte gegen die Decke, bis der Putz ein Muster ergab. „Du warst zu langsam", sagte er in den Raum. „Und zu geduldig." Das Holz antwortete mit dem vertrauten Knacken an der Diele neben der Tür.

Er schlief ein. Der Schuss im Traum traf wieder den Kollegen, der neben ihm stand. Er wachte mit nassem Nacken auf. Vor dem Fenster lag Sea Point wie ein Teppich aus Lichtern. Ein Taxi zog eine helle Linie durch die Nacht, die sofort wieder verschwand.

Morgens Rasur, Schuhe, Hemd. Rituale hielten zusammen, was auseinanderdriftete. Auf dem Schreibtisch lag ein brauner Umschlag ohne Absender. Darin ein grobkörniges Foto: ein Hangartor, schräges Licht, eine Silhouette mit Kamera. Jonas. Neben ihm ein Umriss, der sich nicht scharf zeichnen ließ. De Klerk drehte das Foto, suchte Kanten, die ihm weiterhalfen. Nichts. Er steckte es ein. Anonyme Post mochte er nicht, doch sie lag nie ohne Grund auf Tischen.

Zurück auf dem Hof des Weinguts. Der Wind strich durch die Reben, die Drähte summten. Jonas stand am Brunnen und füllte den Trog, die Hunde tranken gierig. „Sie wieder", sagte er, ohne abzuwinken.

„Ich höre Ihren Namen zu oft, Herr Hartmann."

„Ich höre meinen Namen täglich. Das ist hier kein Verbrechen."

„Elena. Marcus. Sie. Das ist kein Zufall."

Jonas stellte das Glas ab. „Zufall nennt man Dinge, für die man keine Belege hat."

„Ich suche Belege."

„Dann ziehen Sie Handschuhe an. Es ist Erntezeit."

Lethabo trat zwischen die Fässer, legte einen Zettel auf ein Fass und verschwand. Ein kurzer Blickwechsel zwischen den Männern, der nichts erklärte. De Klerk beließ es dabei. Er kannte diesen Blick aus vielen Zimmern, in denen Dinge unausgesprochen blieben.

In den Tagen danach saß er in Hinterzimmern, die nach Fett rochen, und hörte Spediteuren zu, die zu laut über Containergrößen stritten. In Salt River lud eine Garage Kisten auf einen Lieferwagen, wieder *Audio Systems*. Er fragte nach André Marais, ganz nebenbei, um die Reaktionen zu beobachten. Gesichter zuckten. Niemand nannte einen Ort. Jeder kannte jemanden, der ihn kannte.

Er schrieb keine langen Berichte. Er heftete kleine Zettel an die innere Pinnwand. Jazzclub. Hafen. Weingut. Flugfeld. Zwischen den Zetteln entstand kein Bild, doch der Abstand schrumpfte. Er fuhr an die See, wenn der Kopf surrte. Nicht Clifton, nicht Camps Bay. Muizenberg, wo das Wasser wärmer war. Er stellte sich an den Rand, Hosenbeine nass, und zählte Wellen, bis Zahlen ihren Sinn verloren. Danach kehrte er zurück, hängte die Waffe an den Haken, legte das Foto auf den Tisch und starrte darauf, bis das Weiß im Rand schmutzig wirkte.

Als die Cape Times den verlassenen Corolla meldete, legte er die Hand auf die Überschrift. Er dachte an einen Umschlag in einer Wellblechhütte, an einen Mann mit Sonnenbrille vor einem Laden, an einen Parkplatz am Stadtrand, den niemand beleuchtet. Namen schoben sich nach vorn: Marcus. Elena. Jonas. Er wiederholte sie, bis ihr Klang stumpf wurde.

Abends, Sea Point. Keine Musik. Nur das Summen der Stadt durch das offene Fenster. De Klerk zog einen frischen Block aus der Schublade und schrieb oben: *André Marais*. Er ließ Platz für eine Adresse, die er noch nicht hatte. Darunter setzte er *Ocean Freight* und *Hangartor – Foto*. Neben *Weingut* machte er einen Punkt, nicht mehr. Punkte waren Geduld in Bleistiftform. Irgendwann verbanden sie sich. Nicht von selbst. Mit Arbeit. Mit Wegen, die man zum zehnten Mal fuhr. Mit Fragen, die man zum fünften Mal stellte, bis jemand nicht mehr auswich.

Am nächsten Morgen stand er wieder vor der Tür des Weinguts. Der Hund hob den Kopf und legte ihn zurück. Jonas kam, wischte die Hände an einem Tuch ab.

„Ich stelle die gleichen Fragen", sagte De Klerk.

„Dann bekommen Sie die gleichen Antworten."

„Bis sie nicht mehr passen."

„Manchmal passt ein Puzzleteil nicht, weil es aus der falschen Schachtel stammt."

„Und manchmal, weil jemand an den Kanten gefeilt hat."

Jonas lächelte ohne Freude. „Sie trinken heute keinen Wein."

„Ich arbeite."

„Ich auch."

Zwischen ihnen lag der Hof. Nur das ferne Schlagen eines Metallhakens an Holz war zu vernehmen. De Klerk steckte das Heft ein. „Bis bald."

Er fuhr los, die Reifen hoben Staub. Im Rückspiegel lag das Anwesen ruhig. Zu ruhig. In seinem Kopf klappte er den Block auf und setzte neben *André Marais* einen Strich. Nicht weil er mehr wusste. Weil er wusste, dass dies nicht der letzte Strich blieb.

Der Preis des Schweigens

Freitag auf dem Weingut. Regen zog als grauer Vorhang über die Reben, Tropfen sprangen vom Kies hoch, als wollten sie zurückkehren. Jonas stand unter der Veranda, der Geruch von nassem Holz im Mund. Er hielt die Hand an den Pfosten, als müsse er prüfen, ob das Haus atmete.

Drei Männer tauchten aus dem Regen auf, ohne Hast, die Kapuzen tief gezogen. Sie querten den Hof, als gehörte er ihnen. Vorn Fleckie, die Sommersprossen wie Sprenkel unter der Kapuze, die Kette glänzte stumpf.

„Jonas", sagte er, blieb einen Schritt zu nah stehen. „Du bist ein großer Mann. Land. Wein. Geld."

Jonas zog den Mundwinkel hoch. „Ihr überschätzt mich. Ich zahle Zinsen mit Luft. Die Bank lacht schon, wenn sie meinen Namen liest."

Die beiden hinter Fleckie grienten, nicht amüsiert, eher wie Männer, die den Witz kannten und auf die Pointe verzichteten. Einer strich mit dem Daumen über die Zahnkrone. „Du bist weiß und Winzer. Reicht."

„Ich bin ein Deutscher mit einer schlechten Entscheidung", sagte Jonas. „Diese Rebstöcke fressen mich auf. Wenn ihr Geld sehen wollt, sucht euch einen anderen."

Fleckie legte den Kopf sacht zur Seite, als höre er ein fernes Geräusch. „Wir geben dir Ware. Du kennst Leute. Stellenbosch atmet durch die Nase. Du gibst es weiter. Halbe-halbe."

Jonas spürte, wie der Körper kalt wurde. Der Regen prasselte dichter, die Hunde verzogen sich in die Ecke. „Ich verkaufe Bilder. Wein. Ideen, wenn es sein muss." Er hob die Hand, ließ sie wieder sinken.

Fleckies Gesicht verlor jede Neigung zum Lächeln. „Oder wir fragen nach deiner Vergangenheit. Ein Hangar redet, wenn man lange genug dort steht. Ein roter Parkplatz auch." Er zog das Handy heraus und ließ den Daumen auf dem Display ruhen, ohne es zu entsperren. „Du verstehst mich."

Jonas nickte nicht, verneinte nicht. Er wehrte den Tropfen, der von Fleckies Kapuze sprang und an seiner Wange zerplatzte, nicht ab. Worte halfen hier nicht, das wusste er. Fleckie setzte zwei Schritte zurück. „Morgen liegt ein Päckchen hinter deinem Tor. Kleiner Test. Du lässt es laufen." Dann drehte er sich um. Die drei gingen, als sei der Hof nur ein Zimmer, durch das man eben durchmusste.

Am nächsten Nachmittag hing die Wolkendecke noch immer tief. Hinter dem Gartentor lag tatsächlich ein brauner Umschlag, mit Paketband zugezogen. Jonas hob ihn auf, ohne ihn vor der Kamera zu öffnen, die an der Hauswand festgeschraubt war. In der Küche schnitt er das Band mit dem Korkenzieher, der auf der Arbeitsplatte lag. Innen ein handtellergroßes Päckchen, die Folie straff, der Inhalt weiß wie frischer Gips.

Er stellte das Päckchen neben die Spüle und sah es an, als sei es ein Tier, das jeden Moment springen könnte. Die Stimme in seinem Kopf klang wie ein alter Freund, der anrief, wenn es gerade passte: Du wolltest Ruhe. Kauf sie dir.

Zwei Wochen später stand er bei einer Weinverkostung in Stellenbosch hinter einem Tisch mit weißen Decken. Flaschen, Prospekte, Schalen mit Brot. Junge Männer mit Poloshirts und nassen Haaren hielten Gläser in die Luft, redeten über Rugby, Start-ups, Quadratmeterpreise. In Jonas Jackentasche lag die Folie, die in der Küche aufgeschnitten worden war, jetzt in kleinere Einheiten zerlegt und neu verpackt. Er hatte die Stücke abgewogen, die Kanten mit Klebeband sauber gezogen, das Päckchen roch nach nichts. Er vernahm trotzdem einen Geruch.

Ein Mann mit Porsche-Schlüssel am Finger nahm den Cabernet ins Mundwerkzeug, nickte fachmännisch und stellte das Glas ab. „Guter Stoff, Jonas." Er deutete nicht auf die Flasche. Jonas zog die Jacke ein Stück auf, ließ den Blick in Richtung Ausgang gehen. Hinter der Säule, dort, wo die Musik aus dem Lautsprecher die Gespräche zerschnitt, wechselte die kleine Ware den Besitzer. Ein Stapel Scheine wanderte in Jonas inneres Jackenfach. Ein Griff, ein Nicken, fertig.

Das Geld im Kofferraum roch später nach fremder Hand und nach Schuld. Auf der Veranda öffnete er einen Shiraz, der Korken kam zu leicht. „Gut", sagte er in die Dunkelheit hinaus, „ich verkaufe, was wächst. Trauben. Sünde. Alles hat eine Kundschaft." Der Satz schmeckte bitterer als der Wein.

Das Tempo zog an. Umschläge steckten in Milchkisten zwischen Prospekten, Bargeld wanderte in Brottüten, die auf den ersten Blick nach Picknick aussahen. In den Kellern von Stellenbosch nickten Anwälte mit roten Ohren, Studenten tuschelten und taten wichtig, ein Rugbyspieler ließ sich das Päckchen in eine Sockenrolle schieben. Eine ältere Dame in hellem Mantel blinzelte Jonas an, legte den Kopf schief und flüsterte „Migräne". Jonas führte die Hand in die Manteltasche, ohne hinzusehen. Der Mantel roch nach Lavendel.

Er brauchte nun einen Platz für die Umschläge. Unter der Treppe, hinter den Kisten? Zu nah am Haus. Im alten Pumpenraum, wo die Leitungen aus der Wand kamen, stand eine Werkzeugtruhe mit doppeltem Boden, die seit Jahren rostete. Er löste die Schrauben, legte die Päckchen hinein, verschraubte die Platte, legte

Schraubenschlüssel obendrauf. Der Raum roch nach Eisen und feuchtem Stein. Als er das Licht ausknipste, sah er noch einmal zurück, als könne der Blick den Deckel versiegeln.

Schlaf wurde eine Fläche, auf der der Körper nur kurz landete. In seinen Träumen klopfte jemand gegen Holz. Erst leise, dann, als stehe jemand direkt neben dem Bett. Er fuhr hoch, barfuß in den Keller, Hand über dem Schalter, Herz auf Kante. Hinter der Tür gluckerte nur der Jungwein in den Tanks. Das Fass in der hinteren Ecke schien zu atmen. Jonas stand davor, schob die Zunge gegen den Gaumen, als könne er den Druck im Schädel dadurch senken. Nichts rührte sich. Er ging an die Luft und blieb, bis sein Atem wieder zur Nacht passte.

Am Tag tat er, was ein Winzer eben tat. Er zupfte Triebe, stellte Drähte um, telefonierte mit Bankleuten, die ihm eine Frist gaben, die wie ein dünner Ast klang. Er sprach mit einem Händler über Korken, die nächste Lieferung. Er lächelte ein Lächeln, das die Leute beruhigte. Niemand sah ihm in den Hals, in dem die Angst saß wie ein Stein.

Abends fuhr er ohne Licht bis kurz vor den Kreisverkehr, parkte hinter dem Bäckerladen und lieferte Päckchen über Autotüren hinweg. Einmal stand ein Polizeiwagen drei Autos weiter. Die Uniformierten tranken

Kaffee aus Pappbechern, als hätten sie Zeit. Jonas fühlte, wie eine Schweißspur den Rücken hinablief. Er blieb, atmete durch, stieg nicht aus, drehte den Schlüssel nicht. Fünf Minuten, zehn. Der Wagen fuhr fort. Jonas legte die Stirn an das Lenkrad und lachte heiser, ohne Ton.

Fleckie kam wieder. Ein Handy ohne Kontakte, nur zwei Nummern, „A und B. „Du rufst an, wenn du nachlegen musst", sagte er, legte das Telefon auf den Küchentisch und sah sich im Raum um, als prüfe er, wo man später suchen würde. „Und du rufst, wenn sich der Wind dreht."

„Der Wind dreht sich schon", sagte Jonas. „Er kommt aus allen Richtungen."

„Dann gewöhn dich dran." Fleckie schlug zweimal mit zwei Fingern auf die Tischplatte und ging. Draußen setzte Regen ein, feiner als am ersten Tag, zäher.

Auf dem Weingut blieb nichts unbemerkt, auch wenn die Leute schwiegen. Lethabo stellte eine Kiste zu nah an die Kellertür, ohne sie zu öffnen. Er senkte die Stirn tiefer, wenn Jonas unerwartet in den Gang kam. Ein Arbeiter, den er selten sah, blieb plötzlich im Schatten stehen, als Jonas den Raum betrat. Die Hunde legten die Ohren an und hoben sie gleich wieder, als sei da etwas in der Luft, das sie nicht einordnen konnten.

Bei der nächsten Verkostung in einem Hotel in der Dorp Street kam ein Mann im Anzug, der zu glatt saß, und fragte nach etwas Kräftigerem. Jonas sah das Schild *Privatveranstaltung* neben der Flügeltür, hörte Eisschalen klirren und spürte, wie sein Magen nach hinten rutschte. Er hatte das Päckchen schon in der Hand, da öffnete sich die Tür am Ende des Flurs und De Klerk stand einen Moment im Gegenlicht. Weit genug, um nicht zu stören, nah genug, um gesehen zu werden. Jonas zog die Hand zurück, strich sich über die Jacke und lachte, als hätte er den Scherz verstanden. Der Mann im Anzug zuckte mit den Schultern, nahm seinen Wein und verschwand im Raum. De Klerk blieb, bis Jonas den Blick senkte.

Nächte bekamen Geräusche, die nicht existierten. Ein Auto blieb auf der Straße stehen. Motor aus. Türen blieben zu. Jonas hielt die Luft an, zählte bis vierzig. Nichts. Ein Handy vibrierte auf der Arbeitsplatte, das neue. Er ließ es liegen, bis die Anzeige auf Schwarz ging. Beim dritten Vibrieren hob er ab. Ein Atmen, kurz, dann ein Klick. Er legte auf und starrte auf die dunkle Scheibe des Fensters, bis seine Spiegelung aussah wie jemand, den er nicht kannte.

Am Morgen stand er auf dem Feld, das Hemd klebte am Rücken. Der Tau hing an den Blättern, als hätte die Nacht Perlen verteilt. Er griff in eine Reihe, prüfte eine Rispe. Beeren noch hart, die Kerne bitter. Er hörte die

Straße nicht, hörte nur das Knacken, wenn der Stiel nachgab. Ein Falke stand über der Böschung, die Flügel kaum bewegt. Unten auf dem Hof klapperte Metall, der Klang war so vertraut, dass er seinen Herzschlag ersetzte.

Die Umsätze stiegen. Das Pumpenhaus füllte sich, der doppelte Boden wog schwerer. Jonas rechnete. Zinsen, Fälligkeiten, offene Rechnungen, Löhne. Er zahlte ab, das Konto atmete. Die Bank legte die Stirn in eine freundlichere Falte. Er dachte an den Tag, an dem er das Handy zerschlagen würde, an der Kante der Granitplatte, Stück für Stück, bis die Platine zerbröselt war. Das Bild half ihm, aber es blieb ein Bild.

In den seltenen stillen Minuten saß er auf der Treppe und sah auf den Hof. Die Sonne malte helle Flecken auf den Kies. Eine Eidechse saß im Warmen, reglos. Er hielt die Hand über das Geländer, ohne es zu merken, als sähe er zu, wie ein anderes Leben in seiner Handfläche vorbeizog. Er hörte wieder das Klopfen aus dem Keller. Der Körper zuckte, bevor der Kopf verstand, dass es nur der Kessel war, der Druck abließ.

Einmal stand Fleckie am Zaun und sah hinüber, ohne den Hof zu betreten. Jonas lief nicht hin. Beide wussten, dass ein Zaun nur Draht war, kein Gesetz. Ein Kaphonigvogel setzte sich auf den Pfosten zwischen ihnen, der lange Schwanz zuckte. Fleckie hob zwei Finger an die

Stirn, als grüße er einen Kameraden. Jonas nickte. Der Vogel flog auf und zog eine schnelle Linie in den Himmel, die sofort wieder verschwand.

In dieser Nacht kam der Traum anders. Das Klopfen wurde durch Wasser ersetzt. Ein Fass, das überlief, dunkle Fläche auf dem Boden, die an den Schacht lief. Jonas watete, der Saft stieg ihm über die Knöchel, er hob die Hosenbeine, die Waden brannten. Als er aufwachte, hörte er draußen Regen auf den Kies schlagen. Er stand auf, ging durch den Gang und legte die Hand an das Holz des Fasses. Kühl. Still. Nur sein Atem war da und das Leben in ihm, das nicht zur Ruhe kam.

Am nächsten Morgen lag auf der Stufe vor der Haustür eine Zeitung, die er nicht abonniert hatte. Die Cape Times. Auf Seite drei ein kurzer Text über einen grauen Corolla, verlassen am Stadtrand, Schlüssel im Zündschloss. Er legte die Hand auf die Meldung, als könne das Papier den Puls beruhigen. Dann faltete er die Seite sauber, steckte sie in die Schublade und schob sie zu. Die Spüle glänzte. Auf der Arbeitsplatte lag das anonyme Handy. Er nahm es, hielt es gegen das Licht und legte es wieder hin, ohne es einzuschalten.

Beim Verlassen des Hauses blieb sein Blick an der Kamera hängen, die über der Tür hing. Er dachte daran, die Speicherkarte zu ziehen und ins Feuer zu werfen, tat es aber nicht. De Klerk würde irgendwann wieder am

Ende eines Flurs stehen. Er dachte an Fleckies Finger auf der Tischplatte. Er dachte an Elena, an Marcus, an die Luft im Hangar, die nach Metall schmeckte.

Aus dem Feld wehte feuchte Erde herüber. Jonas stieg in den Wagen. Die Reifen spritzten beim Anfahren Schlamm an den Kotflügel. Er fuhr in Richtung Stadt. Im Rückspiegel lag der Hof ruhig da, mit der Art von Ruhe, die nicht tröstete. In der Jackentasche lag ein Päckchen, im Kofferraum ein Umschlag. Er zog die Schulter hoch, als könne er so die Last verschieben. Vor ihm fiel Licht auf nassen Asphalt. Hinter ihm stand ein Fass, das in seinem Kopf nie ganz still wurde.

Nachgärung am Kap

Die Reifen knirschten auf dem Kies, noch bevor der alte Toyota ausgerollt war. Jonas stand auf der Veranda, die Finger um die Stuhllehne, die Nägel weiß. De Klerk stieg aus, schloss die Tür, als habe er Zeit im Übermaß.

„Schön, dass Sie noch da sind." Er blieb auf Distanz. „Für einen Moment dachte ich, Sie hätten den Ort gewechselt."

„Wohin denn?" Jonas hob das Kinn. „Hier steht alles, was ich habe."

De Klerk zog das Notizbuch. „Eine Nachfrage. Elena. Man sah sie in der Stadt. Einkäufe. Ihr Wagen. Es heißt, sie habe hier gewohnt."

„Die Leute lieben Geschichten." Jonas zwang sich ein Grinsen ab. „Sie sehen eine Frau und basteln daraus sofort ein Drama."

Der Stift schwebte kurz über dem Papier. „Drama also." Ein paar Striche, dann steckte De Klerk das Heft ein. Der Blick ging über Jonas Schulter in Richtung Haus, nicht neugierig, eher wie jemand, der sich Weg und Winkel merkte.

Als der Toyota vom Hof abbog, veränderte sich die

Luft im Keller. Holz, Hefe, Feuchte – und etwas, das seit Tagen an seinem Hinterkopf nagte. Der Deckel war fest, Eisenringe hielten ihn, doch das runde Holz wirkte wie ein stiller Mund. Jonas sah nicht mehr Eiche. Er sah einen Zeitpunkt, der näher rückte.

Er hörte, wie De Klerk beim nächsten Besuch sagte: „Keller, bitte." Er sah Hände am Deckel, sah, wie dunkle Flüssigkeit austrat, mit etwas darin, das in keinem Lehrbuch vorkam.

„Nein." Der Laut fiel flach zu Boden. Planen, nicht zaudern.

Der Mond stieg auf. Jonas warf den Gabelstapler an, setzte die Zinken unter das Fass, hob Zentimeter um Zentimeter, schob auf den zweiachsigen Anhänger. Der Land Rover sprang erst beim zweiten Versuch an. Ketten, Gurte, Zusatzgewichte. Ein Blick zum Haus, ein Blick in die Reben. Dann fuhr er los, die Bordwand vibrierte bei jedem Loch im Feldweg.

Die Strecke in die Berge kannte er. Heute sah jedes Schild wie ein Hinweis aus. Ein Lichtkegel kam entgegen, Jonas lenkte weit an den Rand, tat so, als sei eine nächtliche Fuhre Fassholz das Normalste der Welt. In seinem Kopf lief ein Satz im Kreis: *Ein Winzer bewegt ein Fass. Weiterfahren.*

Der See lag schwarz. Kein Steg, nur Geröll und Strauchwerk. Er rangierte rückwärts bis an die Kante, stieg aus, löste Gurte. Das Holz rollte träge, als hätte es Gewicht aus Gedanken in sich, kippte über die Bordwand und glitt ins Wasser. Ein dumpfer Aufprall, Ringe liefen ans Ufer. Zwei Enten schossen quer durch das Mondlicht. Das Rund drehte sich ein letztes Mal und sank. Jonas stand, bis die Wellen glatter wurden als Glas.

Am nächsten Morgen: ein Umschlag mit Stempel. *Vorladung zur Vernehmung.* Die Zeile traf ihn wie ein kalter Löffel in die Magengrube. Jonas schob das Papier unter das Schneidbrett, als ließe sich das Datum auf diese Weise verrücken.

Dann der zweite Schlag. Im Pumpenraum fehlten die Päckchen. Die Schrauben lagen, wo sie lagen, die Platte saß, doch der doppelte Boden war leer. Eine Nachricht erschien auf dem anonymen Telefon: *Du schuldest. Wir warten nicht.* Kein Absender, nur diese vier Worte.

Er zählte Scheine am Küchentisch, zählte ein zweites Mal, brach ab. Zu wenig für die Männer aus Khayelitsha. Das Display leuchtete erneut. Ein Link, *Update*. Jonas tippte, sah eine weiße Seite und schob das Gerät weg. Später begriff er, was er sich da eingefangen hatte.

Er packte. Hemden, Socken, Messer, die Pistole, Wasser, Brot, Ausweis, Wein. Der Hund stand in der Tür, die

Ohren angelegt. Jonas legte ihm die Hand auf den Kopf. „Braver Kerl." Der Blick des Tiers nagelte ihm etwas ins Herz, das er seit Wochen nicht mehr gespürt hatte. Er zog die Tür zu.

Die Kleine Karoo nahm ihn in Staub und Weite auf. Das Jagdhaus stand, wie es immer stand: Bretter, die nach Sonne rochen, Fensterläden, die klemmten, ein Kühlschrank, der brummte, wenn er Lust hatte. Jonas riegelte ab, hängte eine Glocke an die Hintertür, stapelte Wasserkanister, legte Patronen neben den Herd. Das Radio rauschte ihn an, dann fing es eine Melodie und verlor sie gleich wieder.

Nächte wurden zum Zählen. War da ein Schritt auf der Veranda? War das Holz, das arbeitete? Einmal sprang Jonas auf, weil im Traum zwei kurze Schläge und ein langer Schlag gegen ein Fass hallten. Er stand im Türrahmen, bis der Himmel grau wurde, die Zunge trocken wie Kreide. Mit dem Tageslicht kam eine Ruhe, die wie Erschöpfung schmeckte.

Am vierten Abend saß er vor der Hütte. Der Westen brannte, Dornen zeichneten schwarze Adern vor den Horizont. Er strich mit dem Daumen über den Rand einer Bierdose, die leer war, und ließ Bilder kommen, die ihn unerwartet sanft trafen: Elena barfuß im Garten, hochgestecktes Haar, ein Glas in der Hand. Kinderhände an seinen Fingern, ein Versprechen am Waldrand, gesprochen in einer Zeit, in der er geglaubt hatte, unerwünschte Veränderung ließe sich mit Wille besiegen. Das Küchenlicht um zwei Uhr morgens, die Flasche davor, der Stuhl an der Wand, auf dem irgendwann niemand mehr saß.

Ein weit entfernter Motor kratzte an der Stille. Jonas blieb sitzen. Keine Panik mehr. Sein Herz schlug langsamer, ruhiger. Er lehnte den Kopf an die Wand, schloss die Augen. Es ist gut so, dachte er. Was hätte noch kommen können? Nichts. Er hob den Kopf, roch trockenes Gras und etwas Blumiges, das eher Erinnerung als Duft war.

Die Lichter kamen näher, schwankten, standen. Türen klappten, Metall klirrte. Drei Silhouetten, dann vier. Messer glänzten im Restlicht. Fleckie ging voraus, die Hand am Kinn, den Blick so ruhig, dass er jedes Wort zerlegte, bevor es gesprochen war.

„Wir sind da, Jonas." Er trat in den Halbschatten des Vordachs. „Geld. Ware. Beides fehlt."

„Der Pumpenraum wurde aufgebrochen." Jonas hob die Hände ein Stück vom Oberschenkel, nicht mehr. „Ich habe nichts mehr. Und ich habe niemanden, der mir aushelfen kann."

„Du hattest Varianten." Fleckie hob das Handy, drehte

den Bildschirm zu Jonas. „Spy-App. Ein Link. Du tippst. Dein Weg zeichnet sich von selbst. Wir mussten nicht mal fragen."

„Ich schwöre …" Seine Stimme versagte. Dieses Verb hatte hier keinen Wert.

Der Halbkreis zog enger. Der Staub auf dem Hof vibrierte, als spüre er die Anspannung. Eine Klinge sah Licht, dann Stoff, dann Haut. Der erste Stich ließ die Brust zucken. Jonas sackte zusammen, griff nach der Bank, verfehlte sie um eine Handbreit. Warmes Rinnen über den Bauch, der Geschmack auf der Zunge war nicht Wein. Ein zweiter Schnitt, der Körper gehorchte ihm nicht mehr, als sei jemand anders in ihm, der die Bewegungen steuerte. Gesichter über ihm: hart, aus dem Material, aus dem im Township Zäune gemacht wurden. Fleckie sagte etwas zu den Männern, Jonas hörte nur den Ton, nicht den Inhalt. Schritte entfernten sich, Türen wurden zugezogen, der Motor riss die Stille erneut auf und entfernte sich. Staub legte sich.

Jonas lag halb auf der Bank. Der Himmel über der Karoo hatte ein Blau, das in der Mitte dunkler wurde. Bilder flackerten in ihm auf: eine Hügelflanke voller Reben, der Hund, der am Morgen den Napf ausschleckte, Elena, die nicht mehr lachte, ein Fass, das im Mondlicht ins Wasser rutschte. Er atmete flach, zählte noch einmal, ohne Zahlen zu denken. Auf dem Tisch drinnen lag die Brieftasche offen. Zwei Eintrittskarten schauten heraus. *Garten Eden* stand darauf. Ein Abend, der nie kommen würde.

FSC
www.fsc.org
MIX
Papier | Fördert gute Waldnutzung
FSC® C083411

Zeitfracht Medien GmbH
Ferdinand-Jühlke-Straße 7
99095 Erfurt, Deutschland
produktsicherheit@kolibri360.de

Druck:
CPI Druckdienstleistungen GmbH
im Auftrag der
Zeitfracht Medien GmbH
Ein Unternehmen der Zeitfracht - Gruppe
Ferdinand-Jühlke-Str. 7
99095 Erfurt